CATALOGUE

DES

MOLLUSQUES

TERRESTRES ET FLUVIATILES

DE L'HÉRAULT

PAR

E. DUBRUEIL

MEMBRE DE PLUSIEURS SOCIÉTÉS SAVANTES.

DEUXIÈME ÉDITION

REVUE, CORRIGÉE ET CONSIDÉRABLEMENT AUGMENTÉE.

MONTPELLIER
C. COULET, LIBRAIRE-ÉDITEUR
LIBRAIRE DE LA FACULTÉ DE MÉDECINE ET DE L'ACADÉMIE DES SCIENCES ET LETTRES
Grand'rue, 5

PARIS
ADRIEN DELAHAYE, LIBRAIRE-ÉDITEUR
Place de l'École-de-Médecine

1869

CATALOGUE

DES

MOLLUSQUES

TERRESTRES ET FLUVIATILES

DE L'HÉRAULT

OUVRAGES DU MÊME AUTEUR

Catalogue des Mollusques terrestres et fluviatiles de l'Hérault. 1re édition. Montpellier, 1863.

Procédé pour la préparation des Limaciens. Journal de *Conchyliologie*. Paris, juillet 1864.

Nouveau procédé pour la préparation et la conservation des Mollusques. Paris, 1866.

Description d'une nouvelle espèce d'Helix. Bruxelles, 1867.

Note relative à une collection de Coquilles, exposée au Champ-de-Mars par la Commission des Colonies Françaises. Bruxelles, 1867.

Montpellier. — Typographie Boehm & Fils.

CATALOGUE

DES

MOLLUSQUES

TERRESTRES ET FLUVIATILES

DE L'HÉRAULT

PAR

E. DUBRUEIL

MEMBRE DE PLUSIEURS SOCIÉTÉS SAVANTES.

DEUXIÈME ÉDITION

REVUE, CORRIGÉE ET CONSIDÉRABLEMENT AUGMENTÉE.

MONTPELLIER

C. COULET, LIBRAIRE-ÉDITEUR

LIBRAIRE DE LA FACULTÉ DE MÉDECINE ET DE L'ACADÉMIE DES SCIENCES ET LETTRES

Grand'rue, 5

PARIS

ADRIEN DELAHAYE, LIBRAIRE-ÉDITEUR

Place de l'École-de-Médecine

1869

> « Loin de craindre la critique, je
> » la sollicite, toutes les fois qu'elle
> » n'est pas engendrée par un esprit
> » d'animosité. La critique est le seul
> » moyen d'éclairer les points obscurs
> » de la science. »
>
> (Baudon, *Essai sur les Pisidies*, pag. 4, 1857.)

Les travaux destinés à faire connaître, pour la première fois, les productions naturelles d'un pays, sont toujours, on le sait, plus ou moins imparfaits. Les auteurs eux-mêmes qui viennent plus tard traiter les mêmes matières, quoique exempts des difficultés que présentait d'abord un sujet presque inexploré, laissent toujours néanmoins aux derniers venus des lacunes à combler.

Lorsque nous fîmes paraître la première édition de notre *Catalogue des Mollusques terrestres et fluviatiles de l'Hérault*, il n'existait à cet égard aucun travail d'ensemble; aussi notre catalogue ne pouvait-il manquer d'offrir des vides que nous venons remplir aujourd'hui en publiant une deuxième édition plus complète que la première.

La récente publication de l'*Histoire malacologique* du même département, par M. Moitessier, ne nous a point fait renoncer à mettre au jour notre travail. On pourra voir, en effet, que l'ouvrage qui porte le nom de M. Moitessier est conçu suivant une méthode scientifique qui diffère entièrement de la nôtre.

La classification que nous avons suivie dans cette édition, comme dans la première, est celle de Moquin-Tandon, à laquelle nous avons apporté quelques changements qu'il nous a paru utile d'y introduire.

Le système de cet auteur est basé, comme on le sait, sur les caractères anatomiques fournis par l'animal, et ces caractères, qu'il nous soit permis de le dire, ont à nos yeux une tout autre importance que ceux qui sont tirés de la coquille. Cette affirmation de notre part ne repose pas uniquement sur la parole du maître, car les nombreuses dissections que nous avons pratiquées sur une multitude de Mollusques nous ont donné, à cet égard, une conviction entière et bien fondée.

Le genre d'études dont nous parlons, auquel nous nous sommes longtemps livré, a contribué à établir de notables différences entre le travail de M. Moitessier et le nôtre, relativement à l'appréciation des espèces. En effet, outre une espèce nouvelle pour la science, nous en avons, pour notre part, signalé un certain nombre qui n'avaient point encore été attribuées à l'Hérault ; d'un autre côté, il nous a été impossible d'admettre comme espèces, avec M. Moitessier, de nombreuses formes qui reposent, à notre sens, sur des caractères beaucoup trop mobiles et souvent insaisissables. Cet auteur définit-il l'espèce conformément aux principes généralement admis, ou bien les prétendues espèces dont nous parlons ont-elles été introduites dans son livre à l'aide de principes nouveaux? Nous l'ignorons. Quoi qu'il en soit, nous ne pouvons qu'exposer ici nos impressions personnelles, et répéter que ces formes sont pour nous de simples variétés, ou même souvent des variations si peu importantes qu'il nous a paru inutile d'en discuter la valeur.

Lorsqu'il s'agit d'un catalogue d'espèces, ce n'est pas toujours, on le sait, le plus volumineux qui est le plus exact. On pourrait même soutenir, en thèse générale, l'assertion contraire, à une époque où quelques auteurs remplissent leurs livres de prétendues espèces qu'on peut considérer comme filles du naturaliste plutôt que de la nature. Quoi de plus facile, d'un autre côté, que de grossir un catalogue local, en y introduisant les coquilles d'alluvion? Nous n'admettons dans notre travail que la seule de ces dernières qu'on ait rencontrée vivante dans un département limitrophe du nôtre. Quant aux autres coquilles d'alluvion qui n'ont encore été trouvées que dépourvues d'animal, nous croyons devoir les omettre jusqu'à ce qu'elles aient donné quelque part signe de vie. Ce parti nous paraît d'autant plus sage, que souvent il serait impossible, sans joindre à la science malacologique la science divinatoire, de dire à quel genre et à quelle espèce elles appartiennent, ou même si l'on a affaire à des espèces terrestres ou à des espèces fluviatiles.

Grâce aux communications de MM. Baudon, Drouët, Blanchet, Stossich, Lirou, de Malzine, nous avons pu confronter entre elles les coquilles de l'Hérault et celles du Nord de la France et des contrées voisines. Ces études comparatives nous ont permis de constater que certains auteurs ont, plus d'une fois, considéré comme différentes des espèces évidemment identiques. Nous prions les malacologistes dont nous venons de parler, d'agréer ici l'expression de notre gratitude, ainsi que tous ceux qui ont bien voulu mettre à notre disposition des collections du département.

Nous ne terminerons point sans remercier en particulier M. le docteur Paladilhe de l'obligeance parfaite qu'il a mise à nous communiquer les espèces nouvelles décrites par lui dans les deux premiers fascicules de ses *Miscellanées malacologiques*.

Obs. — Les chiffres qui suivent le nom de plusieurs de nos espèces renvoient aux *Notes finales*.

MOLLUSQUES

Classe I. — CÉPHALÉS, Lam., GASTÉROPODES, Cuv.

Tribu I. — CÉPHALÉS INOPERCULÉS, Moq., Hist. Moll., II, pag. 7, 1855.

Ordre I. — INOPERCULÉS PULMONÉS, Moq., loc. cit.

Famille I. — LIMACIENS, Lam., Phil. zool., I, pag. 320, 1809.

Genre I. — **Arion**, Fer., Hist. Moll., pag. 50, 53, 1819.

Arion rufus (1).

Limax rufus, Linn., Syst. nat., éd. X, pag. 652, 1758.

Arion empiricorum, Fér., Hist. Moll., pag. 60, pl. I, fig. 5, 1819.

Arion rufus, Mich., Compl., pag. 4, 1831.

Arion rufus, Moq., Hist. Moll., II, pag. 10, pl. I, fig. 1 à 27, 1855.

VAR. — *ater*, Moq., loc. cit., pag. 10. pl. I, fig. 20.
— *ruber*, Fer., loc. cit., pag. 10, pl. I, fig. 1, 2, 5.
— *succineus*, Moq., loc. cit., pag. 10, pl. I, fig. 22.
— *nigrescens*, Moq., loc. cit., pag. 11 (Müll., var. δ).
— *pallescens*, Moq., loc. cit., pag. 11, pl. I, fig. 26.

HAB. = Tout le département; les jardins, les champs, les bois. Les var. *succineus*, *ruber*, *ater* et *nigrescens*, se trouvent dans les parties montagneuses du département et principalement sur la chaîne de la Sérane, de l'Espinouse, de la montagne Noire, etc. Quant à la var. *pallescens*, nous ne l'avons rencontrée que sur les bords de l'Hérault, au Causse-de-la-Selle, à Saint-Bauzille, à Ganges.

Arion hortensis.

Arion hortensis, Fer., Hist. Moll., pag. 65, pl. II, fig. 4, 6, 1819.

Arion fuscus, Moq., Hist. Moll., II, pag. 14, pl. I, fig. 28 à 30, 1855.

VAR.—*subfuscus* (2), Moq., loc. cit., pag. 14. (*Limax subfuscus*, C. Pfeiff., Deutschl. Moll., I, 1821, pag. 20.)

HAB. = Tout le département; plus rare que l'espèce précédente. La var. *subfuscus* se rencontre aux environs de Saint-Chinian, de Bédarieux, de Saint-Martin-de-Londres, de Ganges.

Arion tenellus (3).

Arion tenellus, Drouët, Énumérat. Moll. France continent., pag. 39, 1855.

Arion tenellus, Bourg., Moll. nouv. lit., 6me décad., pag. 175, pl. XXIX, fig. 5 à 7, janvier 1866.

HAB. = Nous n'avons recueilli cette espèce qu'une seule fois dans les environs de Puéchabon.

GENRE II. — **Limax**, Linn., Syst. nat., éd. X, I, pag. 652, 1758.

Limax agrestis.

Limax agrestis, Linn., Syst. nat., éd. X, I, pag. 652, 1758.

Limax agrestis, Moq., Hist. Moll., II, pag. 22, pl. II, fig. 18 à 22, et III, fig. 1, 2, 1855.

Var. — *albus*, Nob. Animal complètement blanc.

— *sylvaticus*, Moq., loc. cit., pag. 23, pl. III, f. 2. (*Limax sylvaticus*, Drap., Hist. Moll., pag. 126, pl. IX, fig. 11, 1805.)

Hab. = Tout le département ; espèce excessivement commune. — La var. *albus* est rare ; la var. *sylvaticus* se trouve au pied de la chaîne de la Sérane, sur la montagne Noire, etc.

Limax variegatus.

Limax variegatus, Drap., Tabl. Moll., pag. 103, 1801, et Hist. Moll., pag. 127, 1805.

Limax variegatus, Moq., Hist. Moll., II, pag. 25, pl. III, fig. 3 à 9, 1855.

Var. — *flavescens*, Moq., loc. cit., pag. 25. (Fer., Var. γ, pl. v, fig. 3).

— *maculatus*, Moq., loc. cit., pag. 25. (Fer. Var. δ.)

Hab. = Tout le département.

Limax cinereus.

Limax cinereus, Mull., Verm. Hist., II, pag. 5, 1774.

Hab. = Ganges, Lieuran-Cabrières; se trouve aux environs de Montpellier.

Limax cinereo-niger.

Limax cinereo-niger, Wolf., in Sturm Deutschl. Faun., Würmer, 1er fasc., 1803.

Var. — *albipes, Stabile*, Moll. Piémont, pag. 22, 1864. (*Limax lineatus*, Dumont et Mortillet, Moll., Savoie, 1852.)

Hab. = Lieuran-Cabrières ; c'est sur la foi du docteur Paladilhe que nous indiquons cette espèce : les échantillons trouvés par lui appartiennent à la variété *albipes*.

Limax gagates.

Limax gagates, Drap., Tabl. Moll., pag. 100, 1801, et Hist. Moll., pag. 122, pl. x, fig. 1, 2, 1805.

Limax gagates, Moq., Hist. Moll., II, pag. 19, pl. II. fig. 1 à 5, 1855.

Milax gagates, Gray, Catal. of. Pulmon, or air breath., Moll., pag. 174, 1855.

VAR. — *plumbeus*, Moq., loc. cit., pag. 19.
— *olivaceus*, Moq., loc. cit., pag. 19.

HAB. = Tout le département.

Limax marginatus (4).

Limax marginatus, Müll., Verm. Hist., II, pag. 10, 1774.

Lilax marginatus, Moq., Hist. Moll., II, pag. 21. pl. II, fig. 4 à 17, 1855.

Mimax marginatus, Bourg., Malac. du lac des Quatre-Cantons, pag. 12, 1862.

HAB. = Saint-Maurice, la Sérane.

GENRE III. — **Testacella**, Cuv., Tabl. 5, 1800, in anat. Comp. I, 1805.

Testacella haliotidea (5.).

Testacella haliotidea, Drap., Tabl. Moll., pag. 99, 1801, et Hist., pag. 120, pl. IX, fig. 13, 14, 1805.

Testacella haliotidea, Dup., Hist. Moll., pag. 41, pl. I, fig. 1, 1847.

Testacella haliotidea, Moq., Hist. Moll., II, pag. 39, pl. V, 1855.

VAR. — *flavescens*, Moq., loc. cit., pag. 39.
— *albinos*, Moq., loc. cit., pag. 39.
— *scutulum*, Moq., loc. cit., pl. V, fig. 20. (*Testacellus. scutulum*, Sow., Gen. Shells, fig. 5, 6, 1823.)

HAB. = Tout le département et surtout la région septentrionale.

Nous n'avons trouvé que trois échantillons de la variété *albinos* aux environs de Saint-Martin-de-Londres. La variété *scutulum* (*minor*), est des plus répandues à Saint-Martin-de-Londres, Saint-Bauzille-du-Putois, Brissac, Ganges, Viols-le-Fort; rare dans le bois de La Valette, près Montpellier.

Famille II. — COLIMACÉS, Lam., Phil. zool., I, pag. 320, 1809.

Genre IV. — **Vitrina**, Drap., Tabl. Moll., pag. 33, 98, 1801.

Vitrina major.

Vitrina pellucida, Drap., Tabl. Moll., pag. 98, 1801, et Hist., pag. 119, pl. VIII, fig. 34-37, 1805. (*Non Gœrtn.*)

Helicolimax major, Fér. père., Ess. Méth. conch., pag. 43, 1807.

Vitrina major, C. Pfeiff., Deutschl. Moll., I, pag. 47 (note), 1821.

Vitrina major, Moq., Hist. Moll., II, pag. 49, pl. VI, fig. 14-32, 1855.

Hab.=Castelnau (Draparnaud), Saint-Martin-de-Londres, Ganges, Saint-Pons, Bédarieux, Saint-Chinian, le Caylar, Lodève, etc., etc.

Genre V. — **Succinea**, Drap., Tabl. Moll., pag. 32, 55, 1801.

Succinea putris (6).

Helix putris, Linn., Syst. nat., éd. X, pag. 774, 1758.

Succinea putris, de Blainv., in Dict. sc. nat., vol. LI, pag. 244, tabl. XXXV, fig. 4, 1827.

Succinea putris, Dup., Hist. Moll., pag. 77, pl. I, fig. 13, 1847.

Succinea putris, Moq., Hist. Moll., II, pag. 55, pl. VII, fig. 1-5, 1855.

Hab. = La source du Lez, près Montpellier (Paladilhe); cette espèce a été recueillie vivante.

Succinea elegans (7).

Succinea elegans, Risso, Hist. nat. Europ. mérid., tom. IV, pag. 59, 1826.

Succinea corsica, Schüttleworth, Moll. Corse, pag. 5, 1843.

Succinea longiscata, Dup., Hist. Moll., pag. 75, pl. I, fig. 11, 1847. (Non Morell.)

Succinea longiscata, Moq., Hist. Moll., II, pag. 59, pl. V, fig. 1, 1855.

Hab. = Fossés d'irrigation de la campagne de Maurin, près Montpellier (Paladilhe), les bords du Vidourle, près Lunel ; rare.

Succinea Pfeifferi.

Succinea amphibia, *var.* γ et δ, Drap., Hist. Moll., pag. 58, 1805.

Succinea Pfeifferi, Rossm., Iconogr., pag. 90, fig. 46, 1835.

Succinea Pfeifferi, Dup., Hist. Moll., pag. 75, pl. I, fig. 12, 1847.

Succinea Pfeifferi, Moq., Hist. Moll., II, pag. 59, pl. VII, fig. 8-31, 1855.

Var. — *pallida*, Moq., loc. cit., pag. 59.

— *ochracea* (8), Moq., loc. cit., pag. 59 (*Succinea ochracea*, Betta, Malac. della Valle di Non., 1852, pag. 31, pl. I, fig. 1. — *Succinea ochracea*, Drouët, Énumér. Moll. France continent., 1855, pag. 41, et Catal. Moll., Côte-d'Or, pag. 53, 1867).

Hab. = Le type de cette espèce indiqué à tort par M. Moitessier comme peu abondant dans le département, est très-communément répandu sur les bords de l'Hérault, du Vidourle, de l'Orb, etc. La variété *pallida* se rencontre plus rarement dans les mêmes localités. Nous avons trouvé un certain nombre d'individus de la variété *ochracea* (vivants) parmi des *Succinea Pfeifferi, typiques*, sur les bords de Lamalou, affluent de l'Hérault.

Succinea oblonga.

Succinea oblonga, Drap., Tabl. Moll., pag. 56, 1801, et Hist., pag. 59, pl. III, fig. 24, 25, 1805.

Succinea oblonga, Dup., Hist. Moll., pag. 71, pl. I, fig. 9, 1847.

Succinea oblonga, Moq., Hist. Moll., II, pag. 61, pl. VII, fig. 32, 33, 1855.

Hab. — Nous avons recueilli cette espèce vivante à la source du Lez et sur les bords de la Mosson (moulin du Trou) ; elle nous a été communiquée des bords de l'Orb et de la Verbre, près Bédarieux, et de ceux du Vidourle, aux environs de Lunel.

Succinea arenaria (9).

Succinea arenaria, Bouch., Moll. Pas-de-Calais, pag. 54, 1838.

Succinea arenaria, Dup., Hist. Moll., pag. 69, pl. I, fig. 10, 1847.

Succinea arenaria, Moq., Hist. Moll., II, pag. 62, pl. VIII, fig. 33-36, 1855.

Hab. — Les bords de Lamalou, affluent de l'Hérault, auprès du hameau de Frouzet (canton de Saint-Martin-de-Londres).

Genre VI. — **Zonites** (10), Montf., Conch. syst. II, pag. 283, 1810.

Zonites fulvus.

Helix fulva, Müll., Verm. Hist., II, pag. 56, 1774.

Helix fulva, Drap., Hist. Moll., pag. 81, pl. VIII, fig. 12-13, 1805.

Helix fulva, Dup., Hist. Moll., pag. 175, pl. VII, fig. 11, 1847.

Zonites fulvus, Moq., Hist. Moll., II, pag. 67, pl. VIII, fig. 1-4, 1855.

Hab. — Tout le département ; nous avons recueilli des individus de cette espèce, d'une taille très-forte, auprès de Saint-Martin-de-Londres (dans des bois de chêne, sous des feuilles mortes), parmi des *Pupa triplicata.*

Zonites candidissimus.

Helix candidissima, Drap., Tabl. Moll., pag. 75, 1801, et Hist., pag. 89, pl. v, fig. 19, 1805.

Helix candidissima, Dup., Hist. Moll., pag. 141, pl. VIII, fig. 1, 1847.

Zonites candidissimus, Moq., Hist. Moll., II, pag. 69, pl. VIII, fig. 5-10, 1855.

Hab. = Route de Béziers à Saint-Pons (Poujol).

Zonites nitidus.

Helix nitida, Müll., Verm. Hist., II, pag, 32, 1774.

Helix lucida, Drap., Hist. Moll., pag. 103, pl. VIII, fig. 11, 12, 1805 (non Tabl.).

Helix nitida, Dup., Hist. Moll,, pag. 222, pl. x, fig. 4, 1847.

Zonites nitidus, Moq.. Hist. Moll., II, pag. 72, pl, VIII, fig. 11-15, 1855.

Hab. = Montpellier (campagne de Monplaisir), Ganges, Saint-Chinian, Béziers, Bédarieux; vit sous les pierres humides, au bord des ruisseaux, des sources, etc.

Zonites lucidus (11).

Helix lucida, Drap., Tabl. Moll., pag. 96, 1801.

Helix nitida, Drap., Hist. Moll., pag. 117, pl. VIII, fig. 23-25, 1805.

Helix lucida, Dup., Hist. Moll., pag. 232, pl. XI, fig. 1, 1847.

Zonites lucidus, Moq. Hist. Moll., II, pag. 75, pl. VIII, fig. 29-35, 1855.

Var. — *convexiusculus*, Moq., loc. cit., pag. 76.

— *Blauneri*, Moq., loc. cit. (*Helix Blauneri*, Shutlew., in Mittheil Gesellsch., Bern. 1843, pag. 13. — *Zonites Blauneri*, Bourg, Malac., château d'If, 1868, pag. 10.)

Hab. = Tout le département ; la var. *convexiusculus*, moins répandue que le *type*, les mêmes localités; la var. *Blauneri*, rare dans l'Hérault, les environs de Saint-Martin-de-Londres, et le pied du pic de Saint-Loup (dans une muraille en ruines, sous des pierres très-profondément enfouies dans le sol).

Zonites glaber.

Helix glabra, Stud. in Fer., tabl. syst., pag. 45, 1822.

Helix glabra, Dup., Hist. Moll., pag. 229, pl. x, fig. 6, 1847.

Zonites glaber, Moq., Hist. Moll., II, pag. 80, pl. ix, fig. 5-8, 1855.

Hab. = Saint-Bauzille-du-Putois (montagne du Thaurax) (Paladilhe).

Zonites radiatulus.

Helix nitidula, var. *β.*, Drap., Hist. Moll., pag. 117, pl. viii, fig. 21-22, 1805.

Helix striatula, Gray, Nat. arrang. Moll., in Med., repos., XV, pag. 239, 1821.

Helix radiatula, Ald., Catal., pag. 12, 1850.

Zonites radiatulus, Gray's Turt. man., pag. 175, 1840.

Helix radiatula, Dup., Hist. Moll., pag. 236, pl. xi, fig. 4, 1847.

Zonites striatulus, Moq., Hist. Moll., II, pag. 86, pl. ix, fig. 19-21. 1855.

Hab. = Auprès du Causse-de-la-Selle, en allant à Saint-Guilhem-le-Désert, sur la rive droite de l'Hérault; se trouve aussi, parfois, dans les alluvions de cette rivière ; très-rare.

Zonites pseudohydatinus (12).

Helix hydatina, Dup., Hist. Moll., pag. 240, pl. xi, fig. 5, 1847.

Zonites crystallinus, var. *β hydatinus*, Moq., Hist. Moll., II, pag. 89, 1855.

Zonites pseudohydatinus, Bourg., Amen. Malac., in Rev. zool., juin 1856, pag. 270.

Hab. = Nous n'avons trouvé qu'une seule fois (octobre 1868) cette espèce vivante, dans les environs de Saint-Martin-de-Londres; assez commune dans les alluvions du Lez, de l'Hérault et surtout de l'Orb.

Zonites crystallinus.

Helix crystallina, Müll., Verm. Hist., II, pag. 23, 1774.

Zonites crystallinus, Leach, Brit. Moll., pag. 105, ex Turt., 1831.

Helix crystallina, Dup., Hist. Moll., pag. 242, pl. XI, fig. 6, 1847.

Zonites crystallinus, Moq., Hist. Moll., II, pag. 89, pl. IX, fig. 26-29, 1855.

HAB. = Tout le département.

Zonites diaphanus (13).

Helix diaphana, Stud., Kurz. Verzeichn., pag. 86, 1829.

Helix hyalina, Dup., Hist. Moll., pag. 244, pl. XI, fig. 9, 1847.

Zonites diaphanus, Moq., Hist. Moll., II, pag. 89, pl. 9, fig. 30-32, 1855.

HAB. =Montpellier (La Valette), Saint-Martin-de-Londres, Ganges, Saint-Pons, Bédarieux, la Salvetat; espèce commune.

Zonites algireus (14).

Helix algira, Linn., Syst. nat., éd. X., I, pag. 769, 1758.

Helix algira, Drap., Tabl. Moll., pag. 94, 1801, et Hist. Moll., pag. 115, pl. VIII, fig. 38-40, 1805.

Zonites algireus, Montf., Conch. syst., II, pag. 283, 1810.

Helix algira, Dup., Hist. Moll., pag. 245, pl. X, fig. 1, 1847.

Zonites algirus, Moq,, Hist. Moll., II, pag. 91, pl. IX, fig. 33-37, et pl. X, fig. 1, 1855.

HAB. = Montpellier, Castries, Lunel, Pézenas, Montagnac, Lodève, Le Caylar, Saint-Maurice, Saint-Martin-de-Londres, Saint-Bauzille, Ganges, etc. Cette coquille acquiert une très-forte taille; il n'est pas rare d'en trouver des exemplaires de 50 à 55 millim. de diamètre. M. Moitessier en possédait un de 60 millimètres.

La monstruosité sénestre de cette espèce est rare; quant à la monstruosité scalaire, nous n'en avons jamais vu.

GENRE VII. — **Helix**, Linn., Syst. nat., éd. X, I, pag. 768, 1758.

Helix pygmæa (15).

Helix pygmæa, Drap., Tabl. Moll., pag. 93, 1801, et Hist., pag. 114, pl. VIII, fig. 8-10, 1805.

Helix pygmæa, Dup., Hist. Moll., pag. 220, pl. x, fig. 3, 1847.

Helix pygmæa, Moq., Hist. Moll., II, pag. 103, pl. x, fig. 2-6, 1855.

HAB. = Tout le département.

Helix micropleuros (16).

Helix micropleuros, Paget, Descr. of a new Hel. from Montp., in Ann. and Mag. nat. Hist. (sér. XIII), pag. 454, 1854.

Helix micropleuros, Bourg., Moll. nouv. litig., 2me fasc., pag. 32, pl. v, fig. 9-13, avril 1863.

HAB. = Montpellier (La Valette, bois de la Mourre, bois de Grammont), Saint-Martin-de-Londres, le Causse-de-la-Selle, Saint-Guilhem-le-Désert, Ganges, Saint-Maurice, etc.

Helix rotundata.

Helix rotundata, Müll., Verm. Hist., II, pag. 29, 1774.

Helix rotundata, Drap., Tabl. Moll., pag. 93, 1801, et Hist., pag. 114, pl. VIII, fig. 4-7.

Helix rotundata, Dup., Hist. Moll., pag. 250, pl. XII, fig. 4, 1847.

Helix rotundata, Moq., Hist. Moll., II, pag. 107, pl. x, fig. 9-12, 1855.

VAR. — *rufula*, Moq., loc. cit., pag. 107 (var. β, Drap., Tabl., pag. 93).

— *alba*, Moq., loc. cit., pag. 107 (α Fer., Tabl. syst., pag. 44).

Hab. = Le type, ainsi que la var. *rufula*, tout le département; la var. *alba*, très-rare, Saint-Bauzille-du-Putois.

Helix cornea.

Helix cornea, Drap., Tabl. Moll., pag. 89, 1801, et Hist., pag. 110, pl. viii, fig. 1-3, 1805.

Helix cornea, Dup., Hist. Moll., pag. 155, pl. vi, fig. 5, 1847.

Helix cornea, Moq., Hist. Moll., II, pag. 134, pl. xi, fig. 18-21, 1855.

Var. — *diluta*, Moq., loc. cit., pag. 134.
— *albinos*, Moq., loc. cit., pag. 134.
— *squammatina*, Moq., id. (*Helix squammatina*, Marcel de Serres, in litt.).
— *Bouvieriana*, Nob. Coquille semblable à la var. *squammatina;* péristome continu.

Hab. = Tout le département; nous n'avons recueilli qu'un exemplaire de la var. *albinos*, auprès du Causse-de-la-Selle. La var. *squammatina* se rencontre sur l'Espinouse, au pic de Saint-Loup, aux environs de Saint-Martin-de-Londres; on trouve rarement, au pied de la chaîne de la Sérane, une variété entièrement semblable à la *squammatina*, mais à péristome continu (var. *Bouvieriana*). — Exemplaire sénestre de Montpellier (Moquin.).

Helix lapicida.

Helix lapicida, Linn., Syst. nat., éd. X, pag. 178, 1758.

Helix lapicida, Drap., Tabl. Moll., pag. 88, 1801, et Hist., pag. 111, pl. vii, fig. 35-37, 1805.

Helix lapicida, Dup., Hist. Moll., pag. 159, pl. v, fig. 7, 1847.

Helix lapicida, Moq., Hist. Moll., II, pag. 137, pl. xi, fig. 22-27, 1855.

Var. — *fulva*, Moq., loc. cit., pag, 137 (var. β, Drap., Hist. Moll., pag. 111).
— *minor*, Moq., loc. cit., pag. 137.

Hab. = Saint-Martin-de-Londres, Ganges, Bédarieux, Saint-Pons, la Salvetat; la var. *fulva* se trouve dans les mêmes localités; la var. *minor* à Saint-Guilhem-le-Désert et sur la chaîne de la Sérane.

Helix pulchella.

Helix costata, Müll., Verm. Hist., II, pag. 31, 1774.

Helix pulchella, Drap., Tabl. Moll., pag. 90, 1801, et Hist., pag. 112, pl. VII, fig. 31-34, 1805.

Helix costata, Dup., Hist. Moll., pag. 162, pl. VII, fig. 4, 1847.

Helix pulchella, Moq., Hist. Moll., II, pag. 140, pl. XI, fig. 28-34, 1855.

VAR. — *lævigata*, Moq., loc. cit., pag. 140 (*Helix pulchella*, Müll., loc. cit., II, pag. 30. — *Helix pulchella*, var. β, Drap., Hist. Moll., pag. 112. — *Helix pulchella*, Dup., loc. cit., pag. 101, pl. VII, fig. 3).

HAB. = Tout le département. La var. *lævigata* est très-répandue dans la partie septentrionale.

Helix splendida (17)-(18).

Helix splendida, Drap., Tabl. Moll., pag. 83, 1801, et Hist., pag. 98, pl. VI, fig. 9-11, 1805.

Helix splendida, Dup., Hist. Moll., pag. 128, pl. V, fig. 2, 1847.

Helix splendida, Moq., Hist. Moll., II, pag, 149, pl. XII, fig. 8-10, 1855.

VAR. — *Paladilhiana*, Nob. Coquille semblable au type, avec quatre bandes brunes (120/45).

— *Serresia*, Moq., loc. cit., pag. 149. «Coq. avec cinq lignes grises très-étroites (123/45).»

— *Dugesia*, Moq., loc. cit., pag. 149. «Coq. avec une bande et trois lignes brunes ($\overline{123}$/45).»

— *Tersonia*, Moq., loc. cit., pag. 149. «Coq. avec une large bande et deux lignes brunes ($\overline{123}$/45).»

VAR. — *Webbia*, Moq., loc. cit., pag. 149. «Coq. avec une très-large bande et une ligne brune (1̅2̅3̅/45).»

— *Blanchiana*, Paladilhe. «Coq. avec une ligne, une bande en dessus et deux lignes brunes en dessous (1̅2̅3̅/45).»

— *Mariana*, Paladilhe. «Coq. avec une large bande en dessus et une en dessous (1̅2̅3̅/4̅5̅).»

— *Sarratia*, Moq., loc. cit., pag. 149. «Coq. avec une énorme bande brune occupant presque toute sa surface (1̅2̅3̅/̅4̅5̅).»

— *Tournalia*, Moq., loc. cit., pag. 150. «Coq. avec trois rangées de points en dessus et deux lignes brunes en dessous (:::/45).»

— *Bevaletiana*, Nob. Coq. avec trois rangées de points en dessus et une ligne brune et une rangée de points en dessous (:::/4:).

— *Philbertia*, Moq., loc. cit., pag. 150. «Coq. roussâtre, sans bandes ni points en dessus, avec deux lignes brunes en dessous (000/45).»

— *Gouania*, Moq., loc. cit., pag. 150 (var. C, Drap. Tabl., pag. 83). «Coq. roussâtre avec une large bande blanche en dessus et une ligne brune en dessous (000/40).»

— *Dumasia*, Moq., loc. cit., pag. 150. «Coq. jaune, roussâtre ou nankin, sans bandes ni points, bordée quelquefois d'une ligne blanchâtre.»

— *sphacelata*, Moq., loc. cit., pag. 150 (*Helix sphacelata*, Webb., in Litt.). «Coq. entièrement blanche.»

— *Carrieriana*, Nob. Coq. avec cinq bandes brunes, comme dans le type, perforée.

HAB. = Montpellier, Saint-Bauzille, Ganges, Bédarieux, Saint-Pons, Montagnac, etc. La var. *Paladilhiana* vit aux environs de Saint-Martin-de-Londres; nous n'avons trouvé (1866) qu'un seul échantillon de la var. *Serresia*, au plan des Quatre-Seigneurs, près Montpellier; les var. *Dugesia*, *Tersonia*, *Webbia*, habitent aux environs de Gignac (Moq.); la var. *Sarratia*, Montarnaud (semble restreinte à une localité fort limitée); les var. *Tournalia* et *Bevaletiana* sont encore plus répandues que le type, à Ganges, Saint-Bauzille, Saint-Martin-de-Londres, au Causse-de-la-Selle. etc.; les var. *Philbertia*, *Gouania*, *Dumasia* se rencontrent à la Taillade (Moq.), à Saint-Martin-de-Londres, ainsi que les var. *sphacelata* et *Carrieriana;* les var. *Blanchiana* et *Mariana*, à Foncaude, près Montpellier.

Helix vermiculata (19).

Helix vermiculata, Müll., Verm. Hist., II, pag. 20, 1774.

Helix vermiculata, Drap., Tabl. Moll., pag. 82, 1801, et Hist., pag. 96, pl. VI, fig. 7-8, 1805.

Helix vermiculata, Dup., Hist. Moll., pag. 114, pl. IV, fig. 1, 1847.

Helix vermiculata, Moq., Hist. Moll., II, pag. 159, pl. x, fig. 25-29, 1855.

VAR. — *flammulata*, Moq., loc. cit., pag. 159.
— *pustulata*, Moq., loc. cit., pag, 159.
— *zonata*, Moq., loc. cit., pag. 159.
— *subfasciata*, Req., Catal, pag. 43.
— *expallescens*, Moq., loc. cit., pag. 159.
— *concolor*, Moq., loc. cit., pag. 159.
— *albida*, Moq., loc. cit., pag. 159.
— *minor*. Coq. plus petite que le type (var. β, Drap., Hist., pag. 96).

HAB. = Tout le département; plus rare dans la partie septentrionale. Les var. *flammulata*, *pustulata*, *subfasciata*, *expallescens*, *concolor*, sont aussi communes que le type; la var. *zonata* vit à Castelnau; la var. *albida*, à Brissac; la var. *minor*, sur le littoral, notamment à Maguelone, Frontignan, Bouzigues, etc.

Nous n'avons vu que deux individus sénestres de cette espèce recueillis dans les environs de Montpellier. La monstruosité scalaire est moins rare; nous possédons un exemplaire cératoïde (Moq., Hist. Moll., I, pag. 315, 1855.) trouvé dans les environs de Grabels. M. Paladilhe nous a fait voir un individu énorme de cette espèce, présentant un large ombilic (grand diam. 37 millim., petit diam. 34 millim., hauteur, 31 millim.).

Helix nemoralis (20).

Helix nemoralis, Linn., Syst. nat.. éd. X, I, pag. 773, 1758.

Helix nemoralis, Drap., Tabl. Moll., pag. 80, 1801, et Hist., pag. 94, pl. VII, fig. 3-5, 1805.

Helix nemoralis, Dup., Hist. Moll., pag. 135, pl. V, fig. 7, et pl. VI, fig. 1, 1847.

Helix nemoralis, Moq., Hist. Moll., II, pag. 162, pl. XIII, fig. 1-6, 1855.

VAR. — *fasciata*, Moq., loc. cit., pag. 162.
— *coalita*, Moq., loc. cit., pag. 162.
— *interrupta*, Moq., loc. cit., pag. 162.
— *lurida*, Moq., loc. cit., pag. 162.
— *punctella*, Moq., loc. cit., pag. 162.
— *unicolor*, Moq., loc. cit., pag. 162.
— *hybrida*, Moq., loc. cit., pag. 162 (*Helix hybrida* et *fusca*, Poir., Prodr., pag. 71, 1801).

HAB. = Espèce très-commune dans les régions N. et N.-O. du département ; les variétés se trouvent dans les mêmes localités que le type. La var. *unicolor (libellula)* est la plus répandue ; la sous-var. *rubella* est rare. On rencontre assez fréquemment aux environs du Causse-de-la-Selle, de Brissac, de Saint-Guilhem-le-Désert (sur des rameaux de buis) la var. *hybrida* ; les individus appartenant à cette variété sont toujours plus petits que le type ; la coloration du péristome varie du violet foncé au violet très-clair, et ne s'étend jamais à l'avant-dernier tour ; c'est, pour nous, un passage à l'espèce suivante.

Les monstruosités sénestre et scalaire de l'*Helix nemoralis* et de l'*Helix hortensis* n'ont pas été signalées dans le département.

Helix hortensis (21).

Helix hortensis, Müll., Verm. Hist., II, pag. 52, 1774.

Helix hortensis, Drap., Tabl. Moll., pag. 81, 1801, et Hist., pag. 95, pl. VI, fig. 6, 1805.

Helix hortensis, Dup., Hist. Moll., pag. 138, pl. vi, fig. 2, 1847.

Helix hortensis, Moq., Hist. Moll., II, pag. 167, pl. xiii, fig. 7-9, 1855.

Var. — *fasciata*, Moq., loc. cit., pag. 167.
— *coalita*, Moq., loc. cit., pag. 167.
— *interrupta*, Moq., loc. cit., pag. 167.
— *lurida*, Moq., loc. cit., pag. 167.
— *punctella*, Moq., loc. cit., pag. 168.
— *unicolor*, Moq., loc. cit., pag. 168.

Hab. = Espèce très-répandue à Saint-Martin-de-Londres, Saint-Bauzille, Ganges, Saint-Jean-de-Buèges, Saint-Guilhem-le-Désert, Saint-Maurice, sur le Larzac, etc. Contrairement à ce qui a lieu pour l'*Helix nemoralis*, le type est plus commun que les variétés. La sous-variété *Petitia*, Moq., loc. cit., pag. 171 (123/45, jaune, bandes transparentes) se trouve aux environs du Causse-de-la-Selle, de Brissac, de Saint-Guilhem-le-Désert, etc.

Helix aspersa (22).

Helix aspersa, Müll., Verm. Hist., II, pag. 59, 1774.

Helix aspersa, Drap., Tabl. Moll., pag. 76, 1801, et Hist., pag. 89, pl. v, fig. 23, 1805.

Helix aspersa, Dup., Hist. Moll., pag. 108, pl. iii, 1847.

Helix aspersa, Moq., Hist. Moll., II, pag. 174, pl. xiii, fig. 14-32, 1855.

Var. — *obscurata*, Moq., loc. cit., pag. 174.
— *zonata*, Moq., loc. cit., pag, 175.
— *flammea*, Moq., loc. cit., pag. 175.
— *grisea*, Moq., loc. cit., pag. 175.
— *marmorata*, Moq., loc. cit., pag. 175.
— *unicolor*, Moq., loc. cit., pag. 175.
— *Baudoniana*, Nob. Coq. d'un blanc laiteux, avec trois bandes interrompues en dessus et deux en dessous.
— *minor*, Moq., loc. cit., pag. 175.

Hab. = Le type et les var. *obscurata*, *zonata*, *flammea*, *grisea*, *marmorata*, et *unicolor* se trouvent dans tout le département; la var. *minor*, à Bédarieux et au pied de la chaîne de la Sérane; enfin la var. *Baudoniana* à Lieuran-Cabrières (terrains volcaniques) (Paladilhe).

Les monstruosités sénestres et scalaires de cette espèce ne sont point rares. Nous en avons conservé vivant, pendant près d'un an, un individu cératoïde trouvé près de Béziers.

Helix aculeata.

Helix aculeata, Müll., Verm. Hist., II, pag. 81, 1774.

Helix aculeata, Drap., Hist. Moll., pag. 82, pl. VII, fig. 10-11, 1805.

Helix aculeata, Dup., Hist. Moll., pag. 217, pl. XI, fig. 8, 1847.

Helix aculeata, Moq., Hist. Moll., II, pag. 189, pl. XV, fig. 5-9, 1855.

HAB. = Presque tout le département; se trouve aux environs de Montpellier (campagne de La Valette, plan des Quatre-Seigneurs).

Helix rupestris (23).

Helix rupestris, Stud., Faunul. Helvet., in Coxe, Trav. Switz., III, pag. 430, 1789.

Helix rupestris, Drap., Tabl. Moll., pag. 71, 1801.

Helix rupestris, Dup., Hist. Moll., pag. 218, pl. XI, fig. 10, 1847.

Helix rupestris, Moq., Hist. Moll., II, pag. 192, pl. XV, fig. 10-13, 1855.

VAR. — *saxatilis*, Moq., loc. cit., pag. 192 (*Helix rupestris*, Hartm., Syst. Gasterop., pag. 52, 1821).

— *trochoïdes*, Moq., loc. cit., pag. 192 (*Helix rupestris*, Drap., Hist. Moll,, pl. VII, fig. 7-9).

HAB. = Tout le département. La var. *saxatilis*, aussi répandue que le type dans la partie septentrionale de l'Hérault, a souvent une couleur moins foncée; la var. *trochoïdes* habite les mêmes localités et spécialement les régions montagneuses. = Nous avons recueilli un exemplaire sénestre de cette espèce.

Helix Galloprovincialis (24).

Helix carthusiana, Drap., Tabl. Moll., pag. 86, et Hist., pag. 102, pl. VI, fig. 33, 1805.

Helix Galloprovincialis, Dup., Hist. Moll., pag. 204, pl. IX, fig, 5, 1847.

Helix cantiana, var. β *Galloprovincialis*, Moq., Hist. Moll., II, pag. 201, pl. XVI, fig. 9-12, 1855.

HAB. = Cette espèce, qui n'est pas rare aux environs de Montpellier, est communément répandue dans les parties N. et N.-O. du département.

Helix carthusiana.

Helix carthusiana, Müll., Verm. Hist., II, pag. 15, 1774.

Helix carthusianella, Drap., Tabl. Moll., pag. 86, 1801, et Hist., pag. 101, pl. VI, fig. 31-32, 1805.

Helix carthusiana, Dup., Hist. Moll., pag. 204, pl. IX, fig. 6, 1847.

Helix carthusiana, Moq., Hist. Moll., pag. 207, pl. XVI, fig. 20-26, 1855.

VAR. — *major*. Coq. plus grande que le type.
— *lactescens*, Moq., loc. cit., pag. 207 (var. *b lactescens*, Picard, Moll. Somm., Bull. Soc. Linn. Nord, I, pag. 223, 1840).
— *lutescens*, Moq., loc. cit., pag. 207.
— *minor* (25), Moq., loc. cit., pag. 207 (Drap., var. β, Hist. Moll., pag. 101, 1805); = non *H. rufilabris*, Jeffr., in Trans. Linn., XVI, pag. 509, 1830.

HAB. = Tout le département, ainsi que la variété *lactescens*; la var. *major* (d'un blanc laiteux) abonde dans la plaine de Pézenas; la var. *minor* se trouve dans les régions montagneuses, notamment à la Salvetat, Saint-Pons, Ganges, au Caylar, Saint-Maurice; la var. *lutescens* se rencontre dans les mêmes localités. = Un exemplaire sénestre et un scalaire de Montpellier (Moquin).

Helix sericea.

Helix sericea, Müll., Verm. Hist., II, pag. 62, 1774.

Helix sericea, Drap., Tabl. Moll., pag. 85, 1801, et Hist., pag. 182, pl. VII, fig. 16-17, 1805.

Helix sericea, Dup., Hist. Moll., pag. 182, pl. VIII, fig. 8, 1847.

Helix sericea, Moq., Hist. Moll., II, pag. 219, pl. XVII, fig. 6-7, 1855.

Hab. = Espèce peu abondante; sous les pierres, dans les endroits humides du bord de la Mosson au-dessus de Foncaude (Paladilhe), auprès du Martinet (Chabrier).

Helix hispida.

Helix hispida, Linn., Syst. nat., éd. X, pag. 771, 1758.

Helix hispida, Drap., Tabl. Moll., pag. 84, 1801, et Hist., pag. 103, pl. VII, fig. 20-22, 1805.

Helix hispida, Dup., Hist. Moll., pag. 187, pl. VIII, fig. 10, 1847.

Helix hispida, Moq., Hist. Moll., II, pag. 224, pl. XVII, fig. 14-16, 1855.

Var. — *pratensis*, Baud., Nouv. Catal. Moll. Oise, pag. 24, 1862.

Hab. = Presque tout le département; espèce moins répandue dans la partie septentrionale; la var. *pratensis*, rare, se trouve dans les prairies de la Vernède, près Saint-Martin-de-Londres, et à Saint-Bauzille-du-Putois.

Helix explanata.

Helix explanata, Müll., Verm. Hist., II, pag. 26, 1774.

Helix albella, Drap., Tabl. Moll., pag. 90, 1801, et Hist., pag. 113, pl. VII, fig. 25-27, 1805.

Helix explanata, Dup., Hist. Moll., pag. 259. pl. XII, fig. 5, 1847.

Helix explanata, Moq., Hist. Moll., II, pag. 229, pl. XVII, fig. 24-28, 1855.

VAR. — *major*, Nob. Coq. plus grande que le type.

— *albinos*, Moq., loc. cit., pag. 230.

HAB. = Le type et les var. sur tout le littoral : à Palavas, Carnon, Cette, Agde, sur les soudes et les joncs. Nous possédons un individu de la var. *major*, trouvé auprès de Maguelone, qui mesure 19 millim. de diamètre.

Monstruosités scalaire et sénestre de Cette (Moquin).

Helix apicina.

Helix apicina, Lam., Anim. sans vert., VI, 2e partie, pag. 93, 1822.

Helix apicina, Mich., Compl., pag. 53, pl. XV, fig. 9-10, 1831.

Helix apicina, Dup., Hist. Moll., pag. 273, pl, XII, fig. 10, 1847.

Helix apicina, Moq., Hist. Moll., II, pag. 252, pl. XVI, fig. 29-35, 1855.

HAB. = Caunelle, près Montpellier, sur les plantes (Paladilhe), Saint-Pargoire (Reynes).

Helix Paladilhi.

Helix Paladilhi, Bourg., Moll. nouv. litig. (6e déc.), pag. 180, pl. XXX, fig. 1-5, 1866.

HAB. = Foncaude, près Montpellier (Paladilhe), Saint-Martin-de-Londres, Saint-Bauzille, Brissac, Ganges, Saint-Maurice, etc.

Helix fasciolata (26).

Helix fasciolata, Poir., Prodr., pag. 79, 1801.

Helix bidentata, Drap., Tabl. Moll., pag. 85, 1801

Helix striata (partim), Drap. Hist. Moll., pag. 116, pl. VI, fig. 21, 1805.

Helix candidula, Dup., Hist. Moll., pag. 282, pl. XIII, fig. 5, 1847.

Helix unifasciata, Moq., Hist. Moll., II, pag. 234, pl. xvii, fig. 36-41, 1855.

VAR. — *radiata*, Moq., loc. cit., pag. 234.
— *interrupta*, Moq., loc. cit., pag. 234.
— *hypogramma*, Moq., loc. cit., pag. 234.
— *alba*, Moq., loc. cit., pag. 234.

HAB. = Presque tout le département, notamment Ganges, Saint-Bauzille, Saint-Martin-de-Londres, la Salvetat, Saint-Pons, les montagnes de l'Escandorgue; espèce assez rare dans les environs de Montpellier; les var. sont aussi communes que le type.

Helix rugosiuscula (27).

Helix rugosiuscula, Mich., Compl., pag. 14, pl. xv, fig. 11-14, 1831.

Helix rugosiuscula, Dup., Hist. Moll., pag. 271, pl. xiii, fig. 2, 1847.

Helix unifasciata, var. ι *rugosiuscula*, Moq., Hist. Moll., II, pag. 235, 1855.

HAB. = Le village de Frouzet, près Saint-Martin-de-Londres, Brissac, le hameau du Suc; rare.

Helix conspurcata.

Helix conspurcata, Drap., Tabl. Moll., pag. 93, 1801, et Hist., pag. 105, pl. vii, fig. 23-25, 1805.

Helix conspurcata, Dup., Hist. Moll., pag. 277, pl. xii, fig. 11, 1847.

Helix conspurcata, Moq., Hist. Moll., II, pag. 237, pl. xviii, fig. 1-6, 1855.

VAR. — *Draparnaudia*, Moq. loc. cit., pag. 237 (var. *b.*, Drap. Tabl., pag. 93).
— *minor*, Moq., loc. cit., pag. 237.

Hab. = Le type et les variétés extrêmement communs dans les parties S. et E. du département, sont rares dans les régions montagneuses.

Monstruosités scalaire et sénestre de Montpellier et Cette (Moquin).

Helix striata.

Helix striata, Drap., Tabl. Moll., pag. 91, 1801, et Hist. (partim), pag. 106, pl. vi, fig. 18-19, 1805.

Helix caperata, Mont., Test. Brit., pag. 433, pl. ii, fig. 11, 1803.

Helix striata, Dup., Hist. Moll., pag. 278, pl. xiii, fig, 4, 1847.

Helix fasciolata, Moq., Hist. Moll., II, pag. 239, pl. xviii, fig. 7-10, 1855.

Type. — *ornata*, Picard (var. *c ornata*), Moll. Somm., pag. 230, 1840 (α, Drap., Hist., pag. 106; = α *ornata*, Moq., loc. cit., pag. 239).

Var. — *bizonalis*, Moq., loc. cit., pag. 239.

— *obliterata*, Picard (var. *b obliterata*), loc. cit., pag. 230 (var. ε, Drap., loc. cit., pag. 106; = var. ζ *obliterata*, Moq., loc. cit., pag. 239).

— *minor*, Picard (var. ε *minor*), loc. cit., pag. 230 (var. δ, Drap., loc. cit., pag. 106; = ε *minor*, Moq., loc. cit., pag. 239).

— *unicolor*, Moq., loc. cit., pag. 239.

— *alba*, Picard (var. *a alba*.), loc. cit., pag. 230 (var. ζ. Drap., loc. cit., pag. 106; = var. ι *alba*, Moq., loc. cit., pag. 239).

Hab. = Tout le département; abonde dans les régions N. et N.-O. Sur 63 individus recueillis auprès de Saint-Martin-de-Londres, 17 appartenaient au type *ornata*, 7 à la var. *bizonalis*, 21 à la var. *obliterata*, 2 à la var. *minor*, 7 à la var. *unicolor* et 9 à la var. *alba*.

Helix neglecta.

Helix neglecta, Drap., Hist. Moll., pag. 108, pl. vi, fig. 12-13, 1805.

Helix neglecta, Dup., Hist. Moll., pag. 290, pl. XIII, fig. 8, 1847.

Helix neglecta, Moq., Hist. Moll., II, pag. 250, pl. XVIII, fig. 27-29, 1855.

TYPE. — *vulgaris*, Moq., loc. cit., pag. 250 (var. α, Drap., loc. cit.).

VAR. — *bifrons*, Moq., loc. cit., pag. 251.
— *albina*, Moq., loc. cit., pag. 251.

HAB. = Montpellier (prairies de Lattes), Pézenas, Saint-Chinian. Sur 18 individus recueillis aux environs de Pézenas, 13 appartenaient au type, 1 à la var. *bifrons*, 4 à la var. *albina*; sur 9 individus envoyés de Saint-Chinian, 8 appartenaient au type *vulgaris*, 1 à la var. *albina*.

Helix ericetorum.

Helix ericetorum. Müll., Verm. Hist., II, pag. 33, 1774.

Helix ericetorum, Drap., Tabl. Moll., pag. 92, 1801, et Hist., pag. 107, pl, VI, fig. 16-17, 1805.

Helix ericetorum, Dup., Hist. Moll., pag. 288, pl. XIII, fig. 7, 1847.

Helix ericetorum, Moq., Hist. Moll., II, pag. 252, pl. XVIII, fig. 30-33, et XIX, fig. 1-3, 1855.

TYPE. — *trivialis*, Moq., loc. cit., pag. 253.

VAR. — *fasciata*, Moq., loc. cit., pag. 253.
— *deleta*, Moq., loc. cit., pag. 253 (var. *b*, Drap., Tabl. Moll., pag. 92).
— *alba*, Charp., Moll. Suisse, pag. 26, pl. I, fig. 18 (Moq., loc. cit., pag. 253).

HAB. = Rare dans le département; Ganges, Brissac, Saint-Chinian, Saint-Pons, Montpellier (prairies de Lattes); les var. se trouvent dans les mêmes localités que le type; espèce bien moins répandue que la suivante.

Helix cespitum (28).

Helix cespitum, Drap., Tabl. Moll., pag. 92, 1801, et Hist., pag. 109, pl. VI, fig. 14-15, 1805.

Helix cespitum, Dup., Hist. Moll., pag. 286, pl. XIII, fig. 6, 1847.

Helix cespitum, Moq., Hist. Moll., II, pag. 255, pl. XIX, fig. 4-6, 1855.

TYPE. — *trivialis*, Moq., loc. cit., pag. 255.

VAR. — *fasciata*, Moq., loc. cit., pag. 255.
— *deleta*, Moq., loc. cit., pag. 255.
— *alba*, Moq., loc. cit., pag. 256.
— *minor*, Moq., loc. cit., pag. 256.

HAB. = Montpellier (prairies de Lattes), Bédarieux, Pézenas, Ganges, Saint-Bauzille (bords de l'Hérault). Sur 101 individus recueillis près de Saint-Martin-de-Londres (au Moulinet), 27 appartenaient au type (*trivialis*), 34 à la var. *fasciata*, 7 à la var. *deleta*, 7 à la var. *alba* et 26 à la var. *minor*. = Plusieurs exemplaires sénestres de cette espèce ont été trouvés dans les prairies de Lattes (Paladilhe, Moitessier, Chabrier).

Helix pisana (29).

Helix pisana, Müll., Verm. Hist., II, pag. 60, 1774.

Helix rhodostoma, Drap., Tabl. Moll., pag. 74, 1801, et Hist., pag. 86, pl. V, fig. 14-15, 1805.

Helix pisana, Dup., Hist. Moll., pag. 298, pl. XIV, fig. 5, 1847.

Helix pisana, Moq., Hist. Moll., II, pag. 259, pl. XIX, fig. 9-20, 1855.

TYPE. — *vulgata*, Moq., loc. cit., pag. 259.

VAR. — *Sardoa*, Moq., loc. cit., pag. 259 (*Helix Sardoa*, Ziegl.).
— *lineolata*, Moq., loc. cit., pag. 260.
— *interrupta*, Moq., loc. cit., pag. 260.
— *punctella*, Moq., loc. cit., pag. 260.
— *bifrons*, Moq., loc. cit., pag. 260.

VAR. — *maritima*, Desmoul., Moll. Gir., pag. 45, Bull. Soc. Linn. Bord., II, 1827.
— *concolor*, Moq., loc. cit., pag. 260.
— *albida*, Moq., loc. cit., pag. 260.
— *alba*, Moq., loc. cit., pag. 260.
— *carinata*, Paladilhe. «Coq. aplatie, à dernier tour fortement caréné.»

HAB. = Tout le département; on trouve rarement aux environs de Montpellier, Castries, etc., des exemplaires de la var. *alba*; les autres var. sont aussi répandues que le type.

Les monstruosités sénestres et scalaires de cette espèce ne sont point rares.

Helix variabilis (30).

Helix variabilis, Drap., Tabl. Moll., pag. 73, 1801, et Hist., pag. 84, pl. v. fig. 11-12, 1805.

Helix variabilis, Dup., Hist. Moll., pag. 294, pl. XIV, fig. 2, 1847.

Helix variabilis, Moq., Hist. Moll., II, pag. 262, pl. XIX, fig. 21-26, 1855.

TYPE. — *fasciata*, Moq., loc. cit., pag. 262 (*a*, Menke, Syn. meth., pag. 32, 1830. = *a*, Drap., Tabl., pag. 73).

VAR. — *bifasciata*, Moq., loc. cit., pag. 262 (var. *β*, Drap., Hist., pag. 84).
— *ochroleuca*, Moq., loc. cit., pag. 262.
— *tesselata*, Moq., loc. cit., pag. 262.
— *hypozona*, Moq., loc. cit., pag. 263.
— *rufula*, Moq., loc. cit., pag. 263.
— *albicans*, Moq., loc. cit., pag. 263.
— *minor*, Nob. Coq. plus petite que le type. — Sous-var. *fasciata* et *albicans*.
— *subcarinata*, Moq., loc. cit., pag. 263 (*Helix submaritima?* Rossm., Iconog., IX, X, pag. 8, fig. 575, 1839.
— *submaritima*, Desmoul, Moll. Gir., suppl., in Bull. Soc. Linn. Bord., pag. 16, 1829.
— *Ambieliana*, Charpent., Mss.

Hab. = Le type (*fasciata*) et les var. *bifasciata*, *ochroleuca*, *tesselata*, *hypozona*, *rufula*, *albicans*, tout le département ; les var. *subcarinata* et *submaritima*, les environs de Montpellier, notamment le littoral ; la var. *Ambieliana*, les environs de Montpellier (Paladilhe) dans le voisinage du mas Estore (Moitessier) ; la var *minor*. les bords de l'Hérault, Brissac, le Causse-de-la-Selle, Saint-Guilhem-le-Désert, etc.

Nous possédons un individu scalaire de cette espèce ; M. Moitessier en avait un sénestre.

Helix lineata (31).

Helix lineata, Oliv., Zool. Adriat., pag. 77, 1799.

Helix maritima, Drap., Hist. Moll., pag. 85, pl. v, fig. 9-10, 1805.

Helix maritima, Dup., Hist. Moll., pag. 297, pl. xiv, fig. 1, 1847.

Helix lineata, Moq., Hist. Moll., II, pag. 265, pl. xix, fig. 27-29, 1855.

Type. — *vittata*, Moq., loc. cit., pag. 265 (var. α, Drap., Hist., pag. 85).

Var. — *maura*, Moq., loc. cit., pag. 265.
— *radiosa*, Moq., loc. cit., pag. 265 (var. γ, Drap., Hist., pag. 85).
— *hypozona*, Moq., loc. cit., pag. 265.
— *interrupta*, Moq., loc. cit., pag. 265 (var. β, Drap., Hist., pag. 85).
— *albina*, Moq.. loc. cit., pag. 266.

Hab. = Tout le littoral ; vit sur les soudes et les joncs.

Helix pyramidata.

Helix pyramidata, Drap., Hist. Moll., pag. 80, pl. v, fig. 5-6, 1805.

Helix pyramidata, Dup., Hist. Moll., pag. 269, pl. xiv, fig. 5, 1847.

Helix pyramidata, Moq., Hist. Moll., II, pag. 268, pl. xx, fig. 1-5, 1855.

Type.— *fasciata*, Moq., loc. cit., pag. 268.

Var. — *monozona*, Moq., loc. cit., pag. 268.
— *hypogramma*, Moq., loc. cit., pag. 268.
— *marmorata*, Moq., loc. cit., pag. 268.
— *alba*, Moq., loc. cit., pag. 268.

Hab. = Tout le littoral; les var. *hypogramma* et *alba* sont plus répandues que le type et les autres variétés.

Helix elegans (32).

Helix terrestris, Chemn., Conch. Cab., IX, 2e partie, pag. 47, pl. cxxii, fig. 1045, 1786.

Helix elegans, Drap., Tabl. Moll., pag. 70, 1801, et Hist., pag. 79, pl. v, fig. 1-2, 1805.

Helix elegans. Dup., Hist. Moll., pag. 264, pl. xii, fig. 7, 1847.

Helix terrestris, Moq., Hist. Moll., II, pag. 271, pl. xx, fig. 6-12, 1855.

Type.— *fasciata*, Req., Cat., pag. 47, 1848 (α *fasciata*, Moq., loc. cit., pag. 271).

Var. — *hypochroma*, Moq., loc. cit., pag. 271.
— *hypozona*, Moq., loc. cit., pag. 271.
— *maculosa*, Moq., loc. cit., pag. 271.
— *alba*, Req., loc. cit., pag. 47 (ι *alba*, Moq., loc. cit., pag. 271).
— *trochoïdes*, Moq., loc. cit., pag. 271.
— *trochilus* (33), Moq., loc. cit., pag. 271, pl. xx, fig. 12 (*Helix trochilus*, Poir., Voy. Barb., II, pag. 28, 1789).

Hab. = Tout le département; les var. *hypochroma*, *hypozona*, *maculosa*, sont aussi répandues que le type; la var. *trochoïdes*, beaucoup plus rare, se trouve dans les mêmes localités; la var. *trochilus* habite Ganges, Saint-Martin-de-Londres, le Causse-de-la-Selle, Saint-Bauzille-du-Putois, les environs de Montpellier.

La monstruosité scalaire a été trouvée à Montpellier (Moquin).

Helix trochoïdes.

Helix trochoïdes, Poir., Voy. Barb., II, pag. 29, 1789.

Helix conica, Drap., Tabl. Moll., pag. 69, 1801, et Hist., pag. 79, pl. v, fig. 3-5, 1805.

Helix trochoïdes, Dup., Hist. Moll., pag. 267, pl. xii, fig. 8, 1847.

Helix trochoïdes, Moq., Hist. Moll., II, pag. 273, pl. xx, fig. 13-17, 1855.

TYPE. — *fasciata*, Moq., loc. cit., pag. 273 (var. *a* et *b*, Drap., Tabl., pag, 70).

VAR. — *semiornata*, Moq., loc. cit., pag. 273.
— *hypozona*, Moq., loc. cit., pag. 273.
— *radiata*, Moq., loc. cit., pag. 273 (var. *c*, Drap., Tabl., pag. 70).
— *fusca*, Moq., loc. cit., pag. 273 (var. δ, Drap., Hist., pag. 79).
— *obscura*, Moq., loc. cit., pag. 274.
— *alba*, Moq., loc. cit., pag. 274.

HAB. = Le littoral du département; se trouve assez loin dans l'intérieur des terres; nous en avons recueilli deux exemplaires auprès de Saint-Martin-de-Londres, sur les bords de Lamalou; M. Paladilhe en a reçu un individu trouvé à Aniane.

Helix conoïdea (34).

Helix conoïdea, Drap., Tabl. Moll., pag. 69, 1801, et Hist., pag. 78, pl. v, fig. 7-8, 1805.

Helix conoïdea, Dup., Hist. Moll., pag. 300, pl. xiv, fig. 8, 1847.

Helix conoïdea, Moq., Hist. Moll., II, pag. 276, pl. xx, fig. 18-20, 1855.

TYPE. — *fasciata*, Fér., Tabl. syst., pag. 56, 1822 (α *fasciata*, Moq., loc. cit., pag. 276).

VAR. — *simplex*, Moq., loc. cit., pag. 276 (var. β, Drap., Hist., pag. 78, pl. v, fig. 8).

— *maculata*, Req., Catal. Corse, pag. 46, 1848 (var. γ *maculata*, Moq., loc. cit., pag. 276; = var. *b*, Drap., Tabl., pag. 69).

— *alba*, Req., Cat. Corse, pag. 4, 1848 (var. δ *alba*, Moq., loc. cit., pag. 276).

HAB. = Tout le littoral; espèce bien moins abondamment répandue que la précédente; s'avance très-peu dans l'intérieur des terres.

Helix bulimoïdes (35).

Bulimus ventricosus, Drap., Tabl. Moll., pag. 68, 1801, et Hist., pag. 78, pl. IV, fig. 31-32, 1805.

Bulimus ventrosus, Dup., Hist. Moll., pag. 310, pl. XV, fig. 2, 1847.

Helix bulimoïdes, Moq., Hist. Moll., II, pag. 277, pl. XX, fig. 21-26, 1855.

TYPE.— *fasciata*, Req., Cat. Corse, pag. 47, 1848 (α *fasciata*, Moq., loc. cit., pag. 277).

VAR. — *brunnea*, Req., Catal. Corse, pag. 47, 1848 (var. δ *brunnea*, Moq., loc. cit., pag. 278).

— *grisea*, Moq., loc. cit., pag. 278.

— *alba*, Req., Cat. Corse, pag. 47, 1848 (var. η *alba*, Moq., loc. cit., pag. 278).

HAB. = Presque tout le département; la var. *brunnea*, les bords de l'Hérault, près de Ganges, Saint-Bauzille, Saint-Martin-de-Londres; le type (*fasciata*) et la var. *alba* sont très-répandus.

Helix acuta (36).

Helix acuta, Müll., Verm. Hist., II, pag. 100, 1774.

Bulimus acutus, Brug., Encycl. Vers., I, pars. 1ª, pag. 323, 1789.

Bulimus acutus, Drap., Tabl. Moll., pag. 68, 1801, et Hist., pag. 77, pl. IV, fig. 29-30, 1805.

Bulimus acutus, Dup., Hist. Moll., pag. 312, pl. xv, fig. 3, 1847.

Helix acuta, Moq., Hist. Moll., II, pag. 280, pl. xx, fig. 27-32, 1855.

TYPE.— *unifasciata*, Moq., loc. cit., pag. 280 (*Bulimus acutus*, var. β *unifasciatus*, Menke, Syn. Moll., 1830, pag. 27).

VAR. — *bizona*, Moq., loc. cit., pag. 280.
— *strigata*, Moq., loc. cit., pag. 280 (*Bul. acutus*, var. α *strigatus*, Menke, Syn. Moll., 1830, pag. 27).
— *alba*, Req., Cat. Corse, pag. 47, 1848 (var. ε *alba*, Moq., loc. cit., pag. 280).

HAB. = Tout le département; beaucoup moins répandu dans les régions N. et N.-O.; le type et les variétés se trouvent communément à Montpellier même.

Moquin indique la monstruosité scalaire comme ayant été recueillie à Montpellier.

GENRE VIII. — **Bulimus**, Scop., Intr., ad Hist. nat., pag. 392, 1777.

Bulimus obscurus.

Helix obscura, Müll., Verm. Hist., II, pag. 103, 1774.

Bulimus obscurus, Drap., Tabl. Moll., pag. 65, 1801, et Hist., pag. 74, pl. IV, fig. 23, 1805.

Bulimus obscurus, Dup., Hist. Moll., pag. 318, pl. xv, fig. 6, 1847.

Bulimus obscurus, Moq., Hist. Moll., II, pag. 291, pl. XXI, fig. 5-10, 1855.

VAR. — *albinos*, Moq., loc. cit., pag. 292 (var. *b*, Charp., Moll., Suisse, pag. 14, pl. XI, fig. 1, 1837).

HAB. = Tout le département; ainsi que le fait observer Drouët (Moll. Côte-d'Or, pag. 56, 1867), cette coquille est presque toujours encroûtée de limon; la var. *albinos* n'a été recueillie qu'une seule fois par nous, aux environs du Causse-de-la-Selle.

Bulimus detritus.

Helix detrita, Müll., Verm. Hist., II, pag. 101, 1774.

Bulimus radiatus, Brug., Encycl., Vers. I, pars 1ª, pag. 312, 1789.

Bulimus radiatus, Drap., Tabl. Moll., pag. 65, 1801, et Hist., pag. 73, pl. IX, fig. 21, 1805.

Bulimus detritus, Dup., Hist. Moll., pag. 314. pl. XV, fig. 4, 1847.

Bulimus detritus, Moq., Hist. Moll., II, pag. 294, pl. 21, fig. 11-24, 1855.

VAR. — *radiatus*, Moq., loc. cit., pag. 294, pl. XXI, fig. 23 (var. *b*, C. Pfeiff. Deutschl. Moll., I, pag. 50, pl. III, fig. 5, 1821).

— *albinos*, Moq., loc. cit., pag. 295 (var. *c*, C. Pfeiff, loc. cit., pl. III, fig. 6).

— *minor*, Moq., loc. cit., pag. 295 (*Helix radiata*, var. γ *minor*, Fér., Tabl. syst., pag. 57, 1822).

HAB. = Saint-Guilhem-le-Désert, le Capouladou, les montagnes de l'Espinouse, rare; la var. *albinos*, Saint-Bauzille, Saint-Martin-de-Londres, Brissac, la Salvetat, la chaîne de l'Espinouse, très-répandue; la var. *minor* les mêmes localités, notamment auprès de Brissac; quant à la var. *radiata*, elle n'a été recueillie par nous (1849) que deux fois à Brissac, et entre Saint-Bauzille et Saint-Martin-de-Londres.

Bulimus decollatus (37).

Helix decollata, Linn., Syst. nat., éd. X, pag. 773, 1758.

Bulimus decollatus, Brug., Encycl., Vers., I, 1ª, pag. 326, 1789.

Bulimus decollatus, Drap., Tabl. Moll., pag. 66, 1801, et Hist., pag. 76, pl. IV, fig. 27-28, 1805.

Bulimus decollatus, Dup., Hist. Moll., pag. 321, pl. XV, fig. 1, 1847.

Bulimus decollatus, Moq., Hist. Moll., II, pag. 311, pl. XXXV-XL, 1855.

VAR. — *albinos*, Moq., loc. cit., pag. 311.

VAR. — *minor*, Moq., loc. cit., pag. 311 (var. *b*, Menke, Syn. Moll., pag. 28, 1830).
— *turricula*, Moq., loc. cit., pag. 311.

HAB. = Montpellier, Lodève, Béziers, Bédarieux, Ganges, Lunel, Castries, etc.; la var. *albinos* Montpellier (Moq.); les var. *minor* et *turricula* partout, notamment la région septentrionale du département. = « On trouve cette espèce toujours à terre et jamais sur les plantes.» (Drap., Tabl., pag. 66). = On rencontre assez fréquemment des *Bulimus decollatus* qui présentent un commencement de scalarité, mais le détachement des tours de spire ne s'étend qu'au dernier tour. Une autre anomalie que nous avons pu observer deux fois est la suivante : les tours de spire, au lieu d'être arrondis, offrent dans leur milieu une carène assez prononcée.

GENRE IX. — **Chondrus**, Cuv., Règn. anim., II, pag. 408, 1807.

Chondrus tridens.

Helix tridens, Müll., Verm. Hist., II, pag. 106, 1774.

Pupa tridens, Drap., Tabl. Moll., pag. 60, 1801, et Hist., pag. 67, pl. III, fig. 57, 1805.

Pupa tridens, Dup., Hist. Moll., pag. 374, pl. XVIII, fig. 7, 1847.

Bulimus tridens, Moq., Hist. Moll., II, pag. 297, pl. XXI, fig. 25-30, 1855.

Chondrus tridens, Drouët, Moll. Côte-d'Or, pag. 57, 1867.

HAB. — Le département de l'Hérault (Moquin). Nous n'avons jamais rencontré cette espèce vivante; M. Paladilhe ne l'a trouvée que dans les alluvions du Lez.

Chondrus Niso.

Jaminia Niso, Risso, Hist. nat. Europ. mérid., IV, pag. 92, 1826.

Bulimus Niso, L. Pfeiff., Symb. ad. Hist. Hel. viv., II, pag. 118, 1842.

Pupa Niso, Dup., Hist. Moll., pag. 378, pl. XVIII, fig. 8 *e*, 1847.

Bulimus Niso, Moq., Hist. Moll., II, pag. 299, pl. xxi, pag. 31-33, 1855.

Hab. = Cette (Dupuy), Fontès (Paladilhe).

Chondrus quadridens (38).

Helix quadridens, Müll., Verm. Hist., II, pag. 107, 1774.

Pupa quadridens, Drap., Tabl. Moll., pag. 60, 1801, et Hist., pag, 67, pl. iv, fig. 3, 1805.

Pupa quadridens, Dup., Hist. Moll., pag. 376, pl. xviii, fig. 8, 1847.

Bulimus quadridens, Moq., Hist. Moll., II, pag. 299, pl. xxii, fig. 1-6, 1855.

Var. — *major*, Blaun. Coll. (Moq., loc. cit. pag. 300).
— *elongatus*, Moq., loc. cit., pag. 300 (*Pupa quadridens*, var. *elongata*, Req., Cat. Corse, pag. 48, 1848).
— *minor*, Moq., loc. cit., pag. 300.

Hab. = Tout le département; la var. *elongatus* Ganges, Saint-Martin-de-Londres, Saint-Guilhem-le-Désert; la var. *minor*, presque partout, notamment Montpellier. Quant à la var. *major*, indiquée par Moquin-Tandon dans les alluvions des étangs à Cette, nous ne l'avons trouvée qu'une seule fois vivante (1861), auprès du hameau de Frouzet (commune de Saint-Martin-de-Londres).

Genre X. — **Zua**, Leach, Brit. Moll., 1820.

Zua subcylindrica (39).

Helix subcylindrica, Linn., Syst. nat., éd. XII, 2, pag. 1248, 1767.

Bulimus lubricus, Drap., Tabl. Moll., pag. 67, 1801, et Hist., pag. 75, pl. iv, fig. 24, 1805.

Zua lubrica, Leach, Brit. Moll., pag. 114, 1820.

Zua lubrica, Dup., Hist. Moll., pag. 330, pl. xv, fig. 9, 1847.

Bulimus subcylindricus, Moq., Hist. Moll., II, pag. 304, pl. xxii, fig. 15-19, 1855.

VAR. — *fusca*, Moq., loc. cit., pag. 504.

HAB. = Mireval (la grotte de la Madeleine), Castries, Pézenas, Saint-Chinian, Saint-Martin-de-Londres, Brissac, Ganges, Lodève, les environs de Castelnau, les garrigues de Foncaude, près Montpellier; la var. *fusca*, Montpellier (Moq.).

Zua folliculus (40).

Helix folliculus, Gronov., Zoophyl., fasc. III, pag. 296, pl. XIX, fig. 15-16, 1781.

Achatina folliculus, Lam., Anim. sans vertéb., VI, II, pag. 133, 1822.

Ferussacia Gronoviana, Risso, Hist. nat. Europ. mérid., IV, pag. 133, 1822.

Zua folliculus, Dup., Catal. extr. Gall. test., n° 345, 1849, et Hist., pag. 333, pl. XV, fig. 10, 1847.

Bulimus folliculus, Moq., Hist. Moll., II, pag. 306, pl. XXII, fig. 20-31, 1855.

VAR. — *pulchella*, Moq., loc. cit., pag. 307.

HAB. = Montpellier, Lodève, Bédarieux, le Caylar, Saint-Guilhem-le-Désert; espèce très-commune auprès du hameau de Frouzet (commune de Saint-Martin-de-Londres); la var. *pulchella* se trouve à Cette (Moq.).

GENRE XI. — **Cœcilioides** (Cecilioides), Fér., test. Blainv., in Dict. sc. nat., VII, pag. 332, 1817.

Cœcilioides Hohenwarthi.

Achatina Hohenwarthi, Rossm., Iconogr., X, pag. 34, fig. 657, 1839.

Cœcilianella Hohenwarthi, Bourg., Amen. malac., Monogr. gén. Cœcil., in Rev. zool., pag. 382, août, 1856.

HAB. = Les bords de la Mosson, près de Celleneuve; nous n'avons vu qu'un seul échantillon vivant de cette espèce.

Cœcilioides acicula.

Buccinum acicula, Müll., Verm. Hist., II, pag. 150, 1774.

Buccinum acicula, Burg., Encycl., Vers., I, pag. 311, 1789.

Achatina acicula, Lam., Anim. sans vertèb., VI, II, pag. 133, 1822.

Cœcilianella acicula, Bourg., Monogr. gén. Cœcil., in Rev. zool., pag. 382, pl. XII, fig. 1-3, août 1856.

VAR. — *Liesvilliana*, (*Cœcilianella Liesvillei*, Bourg., loc. cit., pag. 385, pl. XII, fig. 6-8).

— *uniplicata* (*Cœcilianella uniplicata*, Bourg., Malac. Aix-les-Bains, pag. 55, pl. II, fig. 3-5, 1864.)

HAB. = Les environs de Montpellier, la plaine de Pézenas; la var. *Liesvilliana*, Pézenas, Lodève, Bédarieux, Saint-Chinian, la chaîne de l'Espinouse, Saint-Martin-de-Londres, Saint-Bauzille-du-Putois, Ganges, le Caylar; la var. *uniplicata*, près de Montpellier, sur la route de Ganges (Paladilhe), Tréviès.

Cœcilioides eburnea.

Acicula eburnea? Risso (41), Hist. nat. Europ. mérid., IV, pag. 81, 1826.

Cœcilianella eburnea, Bourg., Moll. Alp.-Marit., pag. 43, fig. 20-22, 1861.

HAB. = La Paillade, près Montpellier (Paladilhe).

GENRE XII. — **Clausilia**, Drap., Hist. Moll., pag. 24, 29, 68, 1805.

Clausilia bidens.

Turbo bidens, Linn., Syst. nat., éd. X, I, pag. 767, 1758.

Pupa papillaris, Drap., Tabl. Moll., pag. 62, 1801.

Clausilia papillaris, Drap., Hist. Moll., pag. 71, pl. IV, fig. 13, 1805.

Clausilia bidens, Turt., Schells Brit., pag. 73, fig. 56, 1831.

Clausilia bidens, Dup., Hist. Moll., pag. 349, pl. xvi, fig. 9, 1847.

Clausilia bidens, Moq., Hist. Moll., II, pag. 324, pl. xxiii, fig. 20-30, 1855.

Var. — *virgata*, Moq., loc. cit., pag. 324 (*Clausilia virgata*, Crist. et Jan, Catal., XIII, n° 36 1/2, 1832. = *Clausilia virgata*, Dup., loc. cit., pag. 351).

Hab. = Cette; la var. *virgata*, moins commune que le type, la même localité.

Clausilia parvula.

Helix parvula, Stud., Faunul. Helvet., in Coxe, Trav. Switz, III, pag. 431, 1789.

Clausilia parvula, Stud., Kurz., Verzeichn. pag. 89, 1820.

Clausilia parvula, Dup., Hist. Moll., pag. 352, pl. xvi, fig. 12, 1847.

Clausilia parvula, Moq., Hist. Moll., II, pag. 330, pl. xv, fig. 1-5, 1855.

Hab. = Les prairies de Lattes près Montpellier, Castries; rare.

Clausilia rugosa.

Pupa rugosa, Drap., Tabl. Moll., pag. 63, 1801.

Clausilia rugosa, Drap., Hist. Moll., pag. 73, pl. iv, fig. 19-20, 1805.

Clausilia crenulata, Risso, Hist. nat. Europ. mérid. IV, pag. 85, 1826.

Clausilia perversa, Moq., Hist. Moll., II, pag. 332, pl. xxiv, fig. 21-27, 1855.

Clausilia rugosa, Dup., Hist. Moll., pag. 353, pl. xvii, fig. 3, 1847.

Var. — *major*, Nob. Coquille plus grande que le type.

— *minor*, Moq., loc. cit., pag. 332.

Hab. = Espèce extrêmement répandue dans tout le département. = Nous avons trouvé, aux environs de Montpellier, un individu de cette espèce dont le dernier tour est scalaire.

Clausilia nigricans.

Clausilia nigricans, Jeffr., Linn., Trans, XVI, pag. 351, 1828.

Clausilia nigricans, Dup., Hist. Moll., pag. 355, pl. xvi, fig. 2, 1847.

Hab. = Les parties N.-O. et O. du département; rare.

Clausilia Rolphii.

Clausilia Rolphii, Gray, New Brit. Moll., in Lond. Med. Repos., XV, pag. 239, 1821.

Clausilia Rolphii, Dup., Hist. Moll., pag. 359, pl. xvii, fig. 9, 1847.

Clausilia Rolphii, Moq., Hist. Moll., II, pag. 343, fig. 32-35, 1855.

Hab. = Nous n'avons recueilli (novembre 1866) qu'un seul individu de cette espèce, auprès de Brissac.

Clausilia ventricosa.

Pupa ventricosa, Drap., Tabl. Moll., pag. 62, 1801.

Clausilia ventricosa, Drap., Hist. Moll., pag. 71, pl. iv, fig. 14, 1805.

Clausilia ventricosa, Dup., Hist. Moll., pag. 360, pl. xvii, fig. 10, 1847.

Clausilia ventricosa, Moq., Hist. Moll., pag. 344, pl. xxiv, fig. 8-10, 1855.

Hab. = La Salvetat, le Capouladou, depuis l'endroit appelé les *Pattes de Puéchabon* jusqu'au moulin de Figuières; très-rare.

Genre XIII. — **Pupa**, Lam., Syst. Anim. sans vert., pag 88, 1801.

Pupa similis (42).

Bulimus similis, Brug., Encycl., Vers, II, pag. 355, 1792.

Pupa cinerea, Drap., Tabl. Moll., pag. 63, 1801, et Hist. Moll., pag. 65, pl. iii, fig. 53-54, 1805.

Pupa similis, Dup., Hist. Moll., pag. 401, pl. xx, fig. 6, 1847.

Pupa quinquedentata, Moq., Hist. Moll., II, pag. 352, pl. xxv, fig. 15-22, 1855.

Var. — *major*, Moq., loc. cit., pag. 352, pl. xxv, fig. 22 (var. β, Drap., Hist. Moll., pag. 65).

— *minor*, Moq., loc. cit., pag. 352 (*Helix cinerea*, var. β *minor*, Fér., Tabl. syst., 1822).

Hab. = Presque tout le département; la var. *major*, d'une très-grande taille, à Saint-Martin-de-Londres, Viols, Saint-Guilhem-le-Désert, Saint-Bauzille-du-Putois, Ganges, etc.; la var. *minor*, à Montpellier, Saint-Pons, Saint-Chinian, Bédarieux, etc. = Cette espèce se plaît sur les murailles en pierres sèches, sur les rochers les plus exposés à l'ardeur du soleil.

Nous avons conservé vivant, pendant plus de six mois, un individu à double bouche, trouvé auprès de Saint-Bauzille-du-Putois.

Pupa avenacea.

Bulimus avenaceus, Brug., Encycl., Vers, VI, II, pag. 355, 1792.

Pupa avena, Drap., Tabl. Moll., pag. 59, 1801, et Hist., pag. 64, pl. iii, fig. 47-48, 1805.

Pupa avenacea, Moq., Moll. Toulouse, pag. 8, 1843.

Pupa avenacea, Dup., Hist. Moll., pag. 391, pl. xix, fig. 7, 1847.

Pupa avenacea, Moq., Hist. Moll., II, pag. 357, pl. xxv, fig. 53, et xxvi, fig. 1-4, 1855.

Var. — *cerealis*, Moq., loc. cit., pag. 357 (*Torquilla cerealis*, Ziegl.).

— *hordeum*, Moq., loc. cit., pag. 357 (*Torquilla hordeum*, Stud., Kurz., Verzeichn., pag. 89, 1820).

Hab. = Tout le département, notamment les régions N. et N.-O.; nous avons recueilli, à la base du pic de Saint-Loup, un individu de la var. *cerealis*, mesurant 9 $\frac{3}{4}$ millim. de long; la var. *minor*, mêmes localités que le type, commune sur les montagnes de l'Espinouse et de l'Escandorgue.

Pupa frumentum.

Pupa frumentum, Drap., Tabl. Moll., pag. 50, 1801, et Hist., pag. 65, pl. III, fig. 45-46, 1805.

Pupa frumentum, Dup., Hist. Moll., pag. 380, pl. XVIII, fig. 10, 1847.

Pupa frumentum, Moq., Hist. Moll., II, pag. 361, fig. 12-15, 1855.

VAR. — *elongata*, Rossm., Iconogr., fig. 13 (Moq., var. β *elongata*, loc. cit., pag. 361).

HAB. = Rare dans le département ; cette espèce nous a été communiquée des environs de Lodève et du Caylar ; nous n'en avons recueilli (1859) qu'un individu *type*, au hameau du Suc, auprès de Brissac, et un exemplaire de la var. *elongata*, entre Saint-Martin-de-Londres et le pic Saint-Loup (octobre 1862) ; ce dernier se fait remarquer par sa forme subcylindrique et par un développement énorme du pli columellaire inférieur.

Pupa secale.

Pupa secale, Drap., Tabl. Moll., pag. 59, 1801, et Hist., pag. 64, pl. III, fig. 49-50, 1805.

Pupa secale, Dup., Hist. Moll., pag. 384, pl. XIX, fig. 9, 1847.

Pupa secale, Moq., Hist. Moll., II, pag. 366, pl. XXVI, fig. 26-29, 1855.

VAR. — *minor*, Moq., loc. cit., pag. 366.

— *Boileausiana* (43), Moq., loc. cit., pag. 367 (*Pupa Boileausiana*, Charp., in Kust., Conch. cab. von Martini und Chemnitz, 2e éd., pag. 98, pl. XIII, fig. 21-23, 1852).

HAB. = Les environs de Montpellier ; espèce extrêmement répandue dans les environs de Saint-Martin-de-Londres, de Saint-Jean-de-Buèges, de Lodève, du Caylar, etc. ; la var. *minor*, les mêmes localités ; la var. *Boileausiana*, La Valette (Paladilhe), Brissac, le Causse-de-la-Selle, Viols, Saint-Guilhem-le-Désert, etc.

Pupa granum (44).

Pupa granum, Drap., Tabl. Moll., pag. 59, 1801, et Hist., pag. 63, pl. III, fig. 45-46, 1805.

Pupa granum, Dup., Hist. Moll., pag. 396, pl. XIX, fig. 10, 1847.

Pupa granum, Moq., Hist. Moll., II, pag. 370, pl. XXVI, fig. 34-38, 1855.

HAB. = Montpellier, Ganges, Pézenas, Bédarieux, Lodève, etc. = M. Paladilhe a recueilli, aux environs de Montpellier, un individu sénestre de cette espèce.

Pupa polyodon (45).

Pupa polyodon, Drap., Tabl. Moll., pag. 60, 1801, et Hist., pag. 67, pl. IV, fig. 1-2, 1805.

Pupa polyodon, Dup., Hist. Moll., pag. 398, pl. XX, fig. 2, 1847.

Pupa polyodon, Moq., Hist. Moll., II, pag. 372, pl. XXVI, fig. 39, et XXVII, fig. 1-4, 1855.

VAR. — *attrita*, Moq., loc. cit., pag. 373.

HAB. = Montpellier, Castelnau (Drap.), Celleneuve, La Valette, (Moitessier); la var. *attrita* les mêmes localités que le type.

Pupa multidentata.

Turbo multidentatus, Oliv., Zool. Adriat., pag. 17. pl. V, fig. 2, 1792.

Pupa variabilis, Drap., Tabl. Moll., pag. 60, 1801, et Hist., pag. 66, pl. III, fig. 55-56, 1805.

Pupa variabilis, Dup., Hist. Moll., pag. 378, pl. XV, fig. 9, 1847.

Pupa multidentata, Moq., Hist. Moll., II, pag. 374, pl. XXVII, fig. 5-9, 1855.

VAR. — *major*, Moq., loc. cit., pag. 375.
— *minor*, Moq., loc. cit., pag. 375.
— *labiosa*, Moq., loc. cit., pag. 375.
— *pachygaster*, Moq., loc. cit., pag. 375.

Hab. = Tout le département; les var. *major* et *minor*, mêmes localités que le type; la var. *pachygaster*, Montpellier (Moq.), Cette, Castelnau, Saint-Martin-de-Londres, Saint-Guilhem-le-Désert. Nous n'avons jamais trouvé la var. *labiosa*, nous la citons sur la foi de Moquin qui l'indique à Montpellier. (Hist. Moll., II, pag. 376, 1855.)

Pupa doliolum?

Bulimus doliolum, Brug., Encycl. Vers, II, pag. 351, 1792.

Pupa doliolum, Drap., Tabl. Moll., pag. 58, 1801, et Hist., pag. 62, pl. iii, fig. 41-42, 1805.

Pupa doliolum, Dup., Hist. Moll., pag. 404, pl. xv, fig. 3, 1847.

Pupa doliolum, Moq., Hist. Moll., II, pag. 385, pl. xvii, fig. 32-34, 1855.

Hab. = Ce n'est qu'avec doute que nous indiquons cette espèce, que nous n'avons jamais recueillie nous-même dans le département; des deux exemplaires qui nous en ont été communiqués, l'un provient du pied du pic de Saint-Loup (campagne du Renard), près de Saint-Martin-de-Londres, l'autre des environs de Ganges.

Pupa umbilicata (46).

Pupa umbilicata, Drap., Tabl. Moll., pag. 58, 1801, et Hist., pag. 62, pl. iii, fig. 39-40, 1805.

Pupa umbilicata, Dup., Hist. Moll., pag. 410, pl. xx, fig. 7, 1847.

Pupa cylindracea, Moq., Hist. Moll., II, pag. 390, pl. xxvii, fig. 42-43, et pl. xxviii, fig. 1-4, 1855.

Var. — *major*, Nob. Coq. plus grande que le type.

— *Barrandoniana*, Nob. Coq. avec un pli columellaire assez prononcé.

Hab. = Tout le département; nous avons trouvé auprès de Brissac (1866), un individu de la var. *major*, qui mesure 4 millimètres $\frac{2}{5}$ de longueur; la var. *Barrandoniana* est très-répandue dans la partie septentrionale. = M. Paladilhe a recueilli, dans les environs de Montpellier, un exemplaire sénestre de cette espèce.

Pupa muscorum (47).

Turbo muscorum, Linn., Syst. nat., X, éd. I, pag. 767, 1758.

Pupa marginata, Drap., Tabl. Moll., pag. 58, 1801, et Hist., pag. 61, pl. III, fig. 56-38, 1805.

Pupa muscorum, Dup., Hist. Moll., pag. 407, pl. XX, fig. 10, 1847.

Pupa muscorum, Moq., Hist. Moll., II, pag. 392, pl. XXVIII, fig. 5-15, 1855.

VAR. — *major*, Nob. Coq. plus grande que le type.

— *bigranata* (48), Moq., loc. cit., pag. 393 (*Pupa bigranata*, Rossm., Iconogr., IX, X, pl. XXV, fig. 645, 1839. = Dup., loc. cit., pag. 409, pl. XX, fig. 9).

HAB. = Tout le département; dans les régions N. et N.-O. le type Linnéen de cette espèce est bien moins répandu que la var. *bigranata;* nous n'avons rencontré qu'une seule fois (1865) la var. *major*, auprès de Saint-Gély-du-Fesc.

Un individu sénestre a été trouvé dans les environs de Montpellier (Paladilhe).

Pupa triplicata (49).

Pupa triplicata, Stud., Kurz. Verzeichn., pag. 89, 1820.

Pupa tridentalis, Mich., Compl., pag. 61, pl. XV, fig. 28-30, 1831.

Pupa triplicata, Dup., Hist. Moll., pag. 409, pl. XX, fig. 8, 1847.

Pupa triplicata, Moq., Hist. Moll., II, pag. 395, pl. XXVIII, fig. 16-19, 1855.

HAB. = La Valette, près Montpellier (Paladilhe), les environs du hameau de Frouzet (commune de Saint-Martin-de-Londres); sous des feuilles mortes, dans des murailles en pierres sèches. Cette espèce redoute extrêmement l'action de la lumière et de la chaleur.

Genre XIV. — **Vertigo**, Müll., Verm. Hist., II, pag 24, 1774.

Vertigo muscorum.

Pupa muscorum, Drap., Tabl. Moll., pag. 56, 1801, et Hist., pag. 59, pl. III, fig. 26-27, 1805.

Pupa minutissima, Hartm., in Neue Alp., pag. 220, pl. II, fig. 5, 1821.

Vertigo muscorum, Mich., Compl., pag. 70, 1831.

Pupa minutissima, Dup., Hist. Moll., pag. 424, pl. XX, fig. 13, 1847.

Vertigo muscorum, Moq., Hist. Moll., II, pag. 399, pl. XXVIII, fig. 20-24, 1855.

Var. — *Rouvilliana*, Nob. = Ouverture avec une callosité palatale.

— *dentiens*, Moq., loc. cit., pag. 399, pl. XXVIII, fig. 24. = Ouverture avec 1, rarement 2, plis dentiformes sur le milieu de l'avant-dernier tour.

— *Lorretiana*, Nob. = Ouverture avec une dent sur le milieu de l'avant-dernier tour, et une callosité palatale.

— *Drouëtiana*, Nob. (var. β, Drap., loc. cit., pag. 59). Ouverture avec 1 pli sur la columelle.

— *Gervaisiana*, Nob. (*Pupa Rivierana, Benson*, Ann., and Mag. Nat. Hist., XIII, pag. 97, 1854). = 1 pli dentiforme sur le milieu de l'avant-dernier tour, 1 pli columellaire, une callosité palatale.

Hab. = Tout le département; la var. *dentiens* Montpellier (Moq.), Bédarieux, Saint-Maurice; la var. *Lorretiana* les mêmes localités; les var. *Drouëtiana* et *Gervaisiana* Saint-Martin-de-Londres, Saint-Bauzille (la montagne du Thaurax), Brissac, Ganges, le Caylar; la var. *Rouvilliana* Saint-Martin-de-Londres, Rouët, le Suc.

Vertigo columella (50).

Pupa columella, Benz, Ueber Würtemb. Faun., pag. 49, 1830.

Vertigo columella, Moq., Hist. Moll., II, pag. 401, pl. XXVIII, fig. 25-27, 1855.

Hab. = Les environs du hameau de Frouzet (bois de Bourgade), La Valette, près Montpellier (Paladilhe); très-rare.

Vertigo pygmæa.

Pupa pugmœa, Drap., Tabl. Moll., pag. 57, 1801, et Hist., pag. 60, pl. III. fig. 30-31, 1805.

Vertigo pygmœa, Fer. père, Ess. méth. Conch., pag. 124, 1807.

Vertigo pygmœa, Mich., Compl., pag. 71, 1831.

Pupa pygmœa, Dup., Hist. Moll., pag. 416, pl. XX, fig. 12, 1847.

Vertigo pygmœa, Moq., Hist. Moll., II, pag. 405, pl. XXVIII, fig. 37-42, et pl. XXIX, fig. 1-3, 1855.*

Var. — *quadridenta*, Moq., loc. cit., pag. 405 (*Vertigo quadridenta*, Stud., Faunul. Helvet., 1820. = *Vertigo similis*, Fér., Tabl. syst., pag. 68, 1822).

Hab. = Tout le département ; coquille moins répandue que la var. *muscorum* ; la var. *quadridentata* très-rare, les environs du Caylar, Montpellier (Moq.).

Vertigo antivertigo.

Pupa antivertigo, Drap., Tabl. Moll., pag. 57, 1801, et Hist., pag. 60, pl. III, fig. 32-33, 1805.

Vertigo antivertigo, Mich., Comp., pag. 72, 1831.

Pupa antivertigo, Dup., Hist. Moll., pag. 417, pl. XX, fig. 15, 1847.

Vertigo antivertigo, Moq., Hist. Moll., II, pag. 407, pl. XXIX, fig. 4-7, 1855.

Hab. = La Valette, près Montpellier, Trèviès ; très-rare.

Vertigo Venetzii (51).

Vertigo Venetzii, Charp., in Fér., Tabl. syst., pag. 69, 1821.

Vertigo plicata, A. Müll., in Wiegm., Arch., pag. 210, pl. IV, fig. 6, 1828.

Pupa Venetzii, Dup., Hist. Moll., pag. 420, pl. XX, fig. 14, 1847.

Vertigo plicata, Moq., Hist. Moll., II, pag. 408, pl. XXIX, fig. 8-11, 1855.

VAR. — *nana*, Moq., loc. cit., pag. 408 (*Vertigo nana*, Mich., Compl., pag. 71, pl. XV, fig. 24-25, 1831).

HAB. = Les environs de Montpellier (La Valette).

Vertigo pusilla.

Vertigo pusilla. Müll., Verm. Hist., II, pag. 124, 1774.

Pupa vertigo, Drap., Tabl. Moll., pag. 57, 1801, et Hist., pag. 61, pl. III, fig. 54-55, 1805.

Pupa pusilla, Dup., Hist. Moll., pag. 419, pl. XX, fig. 16, 1847.

Vertigo pusilla, Moq., Hist. Moll., II, pag. 409, fig. 12-14, 1855.

HAB. = Les environs de Montpellier, de Lodève.

FAMILLE III. — AURICULACÉS, Lam., Phil. zool., I, pag. 321, 1809.

GENRE XV. — **Carychium** (52), Müll., Verm. Hist., II, pag. 125, 1774.

Carychium minimum.

Carychium minimum, Müll., Verm. Hist., II, pag. 125, 1774.

Auricula minima, Drap., Tabl. Moll., pag. 54, et Hist., pag. 57, pl. III, fig. 18-19, 1805.

Carychium minimum, Dup., Hist. Moll., pag. 427, pl. XXI, fig. 1, 1847.

Carychium minimum, Moq., Hist. Moll., II, pag. 415, pl. XXIX, fig. 15-26, 1855.

Var. — *minutissimum*, Nob. (*Carychium minutissimum*, Fér., in Hart. in Neue Alp. = Var. β, Bourg., Amén., Malac., in Rev. zool., pag. 213, 1857).

Hab. = Tout le département; la var. *minutissimum* Castries (Barrandon); dans le voisinage des eaux; se trouve en abondance dans les alluvions de l'Hérault.

Carychium myosotis.

Auricula myosotis, Drap., Hist. Moll., pag. 53, 1801, et Hist., pag. 56, pl. iii, fig. 16-17, 1805.

Carychium myosotis, Fér. père, Ess. méth. Conch., pag. 54, 1807.

Carychium myosotis, Mich., Compl., pag. 73, 1831.

Alexia myosotis, Mörch., Cat. Yoldi, pag. 38, 1852.

Carychium myosotis, Moq., Hist. Moll., II, pag. 417, pl. xxix, fig. 33-39, et xxx, fig. 1-4, 1855.

Var. — *biplicatum*, Moq., loc. cit., pag. 417.

Hab. = Le littoral de la Méditerranée, bord des étangs; la var. *biplicatum* Frontignan, Maguelone, Vic, etc.

Ordre II. — INOPERCULÉS PULMOBRANCHES, Moq., Hist. Moll., II, pag. 420, 1855.

Famille IV. — **LIMNÉENS**, Lam., Extr. cours anim. sans vertéb., pag. 116, 1812.

Genre XVI. — **Planorbis**, Guett., in Mém. Acad. scienc. Paris, pag. 151, 1756.

Planorbis nitidus (53).

Planorbis nitidus, Müll., Verm. Hist., II, pag. 163, 1774.

Planorbis nitidus, Drap., Tabl. Moll., pag. 45, 1801, et Hist., pag 46, pl. ii, fig. 17-19, 1805.

Planorbis nitidus, Dup., Hist. Moll., pag. 448, pl. xxi, fig. 14, 1847.

Planorbis nitidus, Moq., Hist. Moll., II, pag. 424, pl. xxx, fig. 5-9, 1855.

Hab. = Tout le département, rare partout; Montpellier (La Valette) (Paladilhe), le Verdanson (près la fontaine de Jacques-Cœur), Lunel, Castries, Pézenas, Roujan, etc.; vit dans les eaux dormantes.

Planorbis fontanus.

Helix fontana, Lightf., in Phil. trans., LXXVI (1re part.), pag. 165, pl. ii, fig. 1, 1786.

Planorbis complanatus, Drap., Hist. Moll., pag. 47, pl. ii, fig. 20-22, 1805.

Planorbis fontanus, Flem., in Edimb. Encycl., VII (1re part.), pag. 69, 1814.

Planorbis fontanus, Dup., Hist. Moll., pag. 447, pl. xxi, fig. 15, 1847.

Planorbis fontanus, Moq., Hist. Moll., II, pag. 426, pl. xxx, fig. 10-17, 1855.

Hab. = Tout le département; c'est une des espèces du genre les plus répandues; vit surtout dans les eaux dormantes.

Planorbis complanatus (54).

Helix complanata, Linn., Syst. nat., éd. X, 1, pag. 769, 1758.

Planorbis complanatus, Stud., Faunul. Helv., in Coxe, Trav. Switz, III, pag. 435, 1789.

Planorbis carinatus, var. *b*, Drap., Tabl. Moll., pag. 46, 1801.

Planorbis marginatus, Drap., Hist. Moll., pag. 45, pl. ii, fig. 11-12-13, 1805.

Planorbis complanatus, Dup., Hist. Moll., pag. 445, pl. xxi, fig. 5, 1847.

Planorbis complanatus, Moq., Hist. Moll., II, pag. 428, pl. xxx, fig. 18-28, 1855.

VAR. — *submarginatus*, Moq., loc. cit., pag. 428 (*Planorbis submarginatus*, Crist. et Jan, Cat. Mant., xx, n° 9 1/2. 1832).

HAB. = Mireval (la grotte de la Madeleine), Castries, Lunel, Pézenas, le Caylar, etc., etc.; la var. *submarginatus* se trouve vivante dans les bassins du parc de Castries.

Planorbis carinatus.

Planorbis carinatus, Müll., Verm. Hist., II, pag. 175, 1774.

Planorbis carinatus, a, Drap., Tabl. Moll., pag. 45, 1801.

Planorbis carinatus, Drap., Hist. Moll., pag. 46, pl. II, fig. 13-14-16, 1805.

Planorbis carinatus, Dup., Hist. Moll., pag. 444, pl. XXI, fig. 7, 1847.

Planorbis carinatus, Moq., Hist. Moll., II, pag. 431, pl. XXX, fig. 29-33, 1855.

HAB. = Montpellier (les prairies de Lattes), Mauguio, Balaruc (la Vène), Lunel (le Vidourle), Restinclières (les bassins du parc), Pézenas, Béziers (l'Orb), Florensac, Clermont-l'Hérault, etc., etc.

Planorbis vortex.

Helix vortex, Linn., Syst. nat., éd. X, I, pag. 772, 1758.

Planorbis vortex, Müll., Verm. Hist., II, pag. 158, 1774.

Planorbis vortex, Drap., Tabl. Moll., pag. 45, 1801, et Hist., pag. 44, pl. II, fig. 4-5, 1805.

Planorbis vortex, Dup., Hist. Moll., pag. 442, pl. XXI, fig. 10, 1847.

Planorbis vortex, Moq., Hist. Moll., II, pag. 433, pl. XXX, fig. 34-37, 1855.

HAB. = Très-rare dans le département ; nous n'en avons recueilli qu'un seul exemplaire, dans un ruisseau, près de la Mosson, au moulin du Trou ; Montpellier (Dup.).

Planorbis leucostoma (55).

Planorbis leucostoma, Mill., Moll. Maine-et-Loire, pag. 16, 1813.

Planorbis leucostoma, Dup., Hist. Moll., pag. 439, pl. xxi, fig. 11, 1847.

Planorbis rotundatus, Moq., Hist. Moll., II, pag. 435, pl. xxx, fig. 38-46, 1855.

VAR. — *septemgyratus* (56), Moq., loc. cit., pag. 435 (*Planorbis septemgyratus*, Rossm., Iconogr., I, pag. 106, fig. 64, 1835).

HAB. = Presque tout le département et notamment Montpellier (prairies de Maurin) (Moitessier), Castries (Barrandon), Pézenas (les ruisseaux de la Peine), Ganges, Saint-Pons (affluents de la Jaure), Lieuran-Cabrières (Paladilhe); la var. *septemgyratus* Montpellier, ruisseau du mas de Comte (Paladilhe).

Planorbis spirorbis.

Helix spirorbis, Linn., Syst. nat., éd. X, I, pag. 770, 1758.

Planorbis spirorbis, Müll., Verm. Hist., II, pag. 161, 1774.

Planorbis spirorbis, Drap., Tabl. Moll., pag. 44, 1801, et Hist., pag. 45, pl. II, fig. 8-9, 1805.

Planorbis spirorbis, Dup., Hist. Moll., pag. 438, pl. xxi, fig. 9, 1847.

Planorbis spirorbis, Moq., Hist. Moll., II, pag. 437, pl. xxxi, fig. 1-5, 1855.

HAB. = Tout le département; espèce assez commune dans un des grands bassins du jardin botanique de Montpellier.

Planorbis nautileus.

Turbo nautileus, Linn., Syst. nat., éd. XII, II, pag. 1241, 1767.

Planorbis nautileus, Desh., in Lam., Anim. sans vertèb., éd. II, VIII, pag. 389, 1838.

Planorbis nautileus, Moq., Hist. Moll., II, pag. 438, pl. xxxi, fig. 6-11, 1855.

TYPE. — *crista*, Moq., loc. cit., pag. 438, pl. xxx, fig. 9-10 (*Planorbis cristatus*, Drap., Hist. Moll., pag. 44, pl. II, fig. 1-3, 1805).

VAR. — *imbricatus*, Moq., loc. cit., pag. 438, pl. XXXI, fig. 11 (*Planorbis imbricatus*, Müll., Verm. Hist., II, pag. 165, 1774).

HAB. = Presque tout le département; le type et la var. les mêmes localités; rare.

Planorbis albus.

Planorbis albus, Müll., Verm. Hist., II, pag. 164, 1774.

Planorbis albus, Drap., Tabl. Moll., pag. 44, 1801.

Planorbis hispidus, Drap., Hist. Moll., pag. 43, pl. I, fig. 45-48, 1805.

Planorbis albus, Dup., Hist. Moll., pag. 435, pl. XXI, fig. 4, 1847.

Planorbis albus, Moq., Hist. Moll., II, pag. 440, pl. XXXI, fig. 12-19, 1855.

Planorbis Paladilhi, Moitess., Hist. Malac. Hérault, pag. 53, pl. I, fig. 7-14, 1868.

HAB. = Tout le département; espèce des plus communes.

Planorbis lœvis.

Planorbis lœvis, Ald., Catal. suppl. Moll. Newcastl., II, pag, 337, 1837.

Planorbis lœvis, Dup., Hist. Moll., pag. 434, pl. XXI, fig. 3, 1847.

Planorbis lœvis, Moq., Hist. Moll., II, pag. 442, pl. XXXI, fig. 20-23, 1855.

HAB. = Source du Lez, près Montpellier (Paladilhe); Montpellier (grand bassin du jardin botanique). Nous n'avons jamais reçu cette espèce d'aucun autre point du département.

Planorbis contortus.

Helix contorta, Linn., Syst. nat., éd. X, I, pag. 770, 1758.

Planorbis contortus, Müll., Verm. Hist., II, pag. 162, 1774.

Planorbis contortus, Drap., Tabl. Moll., pag. 43, 1801, et Hist., pag. 42, pl. I, fig. 39-41, 1805.

Planorbis contortus, Dup., Hist. Moll., pag. 433, pl. XXI, fig. 2, 1847.

Planorbis contortus, Moq., Hist. Moll., II, pag. 443, pl. XXXI, fig. 24-31, 1855.

Hab. = Presque tout le département; Montpellier (source du Lez, prairies de Lattes, fossés d'irrigation de Maurin), Saint-Martin-de-Londres (Lamalou et ses affluents), Castries (bassin du parc), Lunel (affluents du Vidourle); espèce commune dans la plaine de Pézenas, etc., etc.; sur les plantes aquatiques.

Planorbis corneus.

Helix cornea, Linn., Syst. nat., éd. X, I, pag. 770, 1758.

Planorbis corneus, Drap., Tabl. Moll., pag. 43, 1801, et Hist., pag. 43, pl. I, fig. 42-44, 1805.

Planorbis corneus, Dup., Hist. Moll., pag. 431, pl. XXI, fig. 6, 1847.

Planorbis corneus, Moq., Hist. Moll., II, pag. 445, pl. XXXI, fig. 32-38, 1855.

Hab. = Villeneuve (campagne de Maurin), Castries, Montoulieu, Lunel; rare dans la partie septentrionale du département.

Il y a, dans la collection de la Faculté des sciences de Montpellier, une monstruosité curieuse de cette espèce : le dernier tour de spire du Planorbe en question, trouvé dans le département, est détaché de l'avant-dernier et va se terminer horizontalement, tout en restant dans le même plan.

Genre XVII. — **Physa**, Drap., Tabl. Moll., pag. 31, 52, 1801.

Physa fontinalis.

Bulla fontinalis, Linn., Syst. nat., éd. X, I, pag. 727, 1758.

Physa fontinalis, Drap., Tabl. Moll., pag. 52, 1801, et Hist., pag. 54, pl. III, fig. 8-9, 1805.

Physa fontinalis, Dup., Hist. Moll., pag. 453, pl. xxii, fig. 1, 1837.

Physa fontinalis, Moq., Hist. Moll., II, pag. 451, pl. xxxii, fig. 9-15, 1855.

Hab. = Mireval (la Madeleine), ruisseau de Maurin, près Montpellier (Moitess.); rare.

Physa acuta.

Physa acuta, Drap., Hist. Moll., pag. 55, pl. iii, fig. 10-11, 1805.

Physa acuta, Dup., Hist. Moll., pag. 455, pl. xxii, fig. 3, 1847.

Physa acuta, Moq., Hist. Moll., II, pag. 452, pl. xxxii, fig. 14-23, et xxxiii, fig. 1-10, 1855.

Var. — *minor*, Moq., loc. cit., pag. 452.
— *castanea*, Moq., loc. cit., pag. 453.
— *subopaca*, Moq., loc. cit., pag. 453. (*Physa subopaca*, Lam., Anim. sans vertèbr., VI (2e partie), pag. 157, 1822.

Hab. = Espèce des plus communes dans tout le département; la var. *minor*, Montpellier (les bassins du Jardin des plantes, le Verdanson près du pont Saint-Côme, et la fontaine de Jacques-Cœur); Mireval; la var. *castanea*, dans les mares auprès de Saint-Martin-de-Londres, du Causse-de-la-Selle, de Brissac, et surtout du Suc. Nous n'avons trouvé la var. *subopaca* qu'une seule fois, dans les environs de Mauguio, d'après les indications du docteur Touchy; M. Paladilhe l'a recueillie dans les fossés d'irrigation de la rive droite du Lez, près Montpellier; M. Moitessier, dans un ruisseau, à Foncaude (?)

Physa hypnorum.

Bulla hypnorum, Linn., Syst. nat., éd. X, I, pag. 727, 1758.

Physa hypnorum, Drap., Tabl. Moll., pag. 52, et Hist., pag. 55, pl. iii, fig. 12-13, 1805.

Physa hypnorum, Dup., Hist. Moll., pag. 457, pl. xxii, fig. 5, 1847.

Physa hypnorum, Moq., Hist. Moll., II, pag. 455, fig. 11-15, 1855.

Hab. = Montpellier (prairies de Lattes), Pézenas (les prairies); peu abondante dans le département, très- rare dans la partie septentrionale.

Genre XVIII. — **Limnœa** (Lymnea), Brug., Encyclop., pag. 459, 1791.

Limnœa auricularia.

Helix auricularia, Linn., Syst. nat., éd. X, I, pag. 774, 1758.

Limneus auricularius, Drap., Tabl. Moll., pag. 48, 1801, et Hist., pag. 49, pl. II, fig. 28-29, 1805.

Limnœa auricularia, Dup., Hist. Moll., pag. 480, pl. XXII, fig. 8-12, 1847.

Limnœa auricularia, Moq., Hist. Moll., II, pag. 462, pl. XXXIII, fig. 21-31, et pl. XXXIV, fig. 1-10, 1855.

Var. — *minor*, Moq., loc. cit., pag. 462, pl. XXXIV, fig. 1.

— *canalis*, Moq., loc. cit., pag. 463, pl. XXXIV, fig. 2. (*Limnœa canalis*, Vill., in Dup., loc. cit., pag. 482, pl. XXII, fig. 12).

— *acronica?* Moq., loc. cit., pag. 463, pl. XXXIV, fig. 4, (*Limneus acronicus*, Stud., Kurz. Verzeichn., pag. 93, 1820).

— *ampla*, Moq., loc. cit., pag. 463, pl. XXXIV, fig. 5. (*Gulnaria ampla*, Hartm., Gasterop., pag. 69, pl. V, 1842. = *Limnœa auricularia*, Dup., loc. cit., pag. 480, pl. XXII, fig. 8).

Hab. = Le type de cette espèce (de Moquin-Tandon), ainsi que la var. *minor*, tout le département (les rivières, les bassins, les canaux, les mares); la var. *canalis*, l'Hérault, Lamalou, la rivière de Saint-Martin-de-Londres (préfère les eaux courantes); la var. *ampla*, Montpellier (Jardin des plantes, la Piscine), Béziers (canal du Midi). Ce n'est qu'avec doute que nous indiquons la var. *acronica*, dont nous n'avons trouvé qu'un exemplaire, très-peu caractérisé, dans la rivière de l'Hérault, auprès du Causse-de-la-Selle.

Limnœa limosa.

Helix limosa, Linn., Syst. nat., éd. X, I, pag. 774, 1758.

Limneus ovatus, Drap., Hist. Moll., pag. 50, pl. II, fig. 30-31, 1805.

Limnœa ovata, Dup., Hist. Moll., pag. 475, pl. XXII, fig. 11-13, pl. XXIII, fig. 1-3, et pl. XXV, fig. 8, 1847.

Limnœa limosa, Moq., Hist. Moll., II, pag. 465, pl. XXXIV, fig. 11-12, 1855.

VAR. — *minor*, Baudon. Nouv. Catal. Oise, pag. 34, 1862 (var. β, Drap., Hist., pag. 50).
— *fontinalis*, Moq., loc. cit., pag. 465 (*Limneus fontinalis*, Stud., Kurz. Verzeichn., pag. 93. 1820).
— *intermedia*, Moq., loc. cit., pag. 465 (*Limnœa intermedia*, Fér., in Lam. Anim. sans vertèbr., VI (2e partie), pag. 161, 1822. = Dup., loc. cit., pag. 182, pl. XXIII, fig. 4).
— *vulgaris*, Moq. (*Limneus vulgaris*, C. Pfeiff., Deutschl. Moll., I, pag. 89, pl. IV, fig. 22, 1821. = *Limnœa vulgaris*, Dup., loc. cit., pag. 477, pl. XXIII, fig. 5).
— *pellucida*, Moq., loc. cit., pag. 465 (var. *a*, *pellucida*, Gass., Moll. Agen, pag. 165, pl. II, fig. 5, 1849).

HAB. = Tout le département; espèce extrêmement commune; les var. *minor* et *fontinalis* aussi répandues que le type; la var. *intermedia*, le Lez, le Verdanson, les fossés d'irrigation de Maurin, près Montpellier (Paladilhe); la var. *vulgaris*, Pézenas, Bédarieux, Saint-Chinian, Castries (Barrandon); la var. *pellucida*, près Montpellier (Moq.).

Limnœa peregra.

Buccinum peregrum, Müll., Verm. Hist., II, pag. 150, 1774.

Limneus pereger, Drap., Tabl. Moll., pag. 48, 1801, et Hist., pag. 50, pl. II, fig. 34-37, 1805.

Limnœa peregra, Dup., Hist. Moll., pag. 472, pl. XXIII, fig. 6, 1847.

Limnæa peregra, Moq., Hist. Moll., II, pag. 468, pl. XXXIV, fig. 13-16, 1855.

VAR. — *callosa*, Moq., loc. cit., pag. 468. (*Limneus callosus*, Ziegl.).

HAB. = Tout le département; assez rare; la var. *callosa*, l'Hérault (Moq.).

Limnœa stagnalis (57).

Helix stagnalis, Linn., Syst. nat., éd. X, I, pag. 774, 1758.

Limneus stagnalis, Drap., Tabl. Moll., pag. 49, 1801, et Hist., pag. 51, pl. II, fig. 38-39, 1805.

Limnœa stagnalis, Dup., Hist. Moll., pag. 467, pl. XXII, fig. 10, 1847.

Limnœa stagnalis, Moq., Hist. Moll., II, pag. 471, pl. XXXIV, fig. 17-20, 1855.

Limnœa elophila, Bourg., Not. monogr. Limn., in Rev. zool., pag. 57, février 1862.

VAR. — *roseolabiata*, Moq. (*Buccinum roseolabiatum*, Wolf., in Sturm., Deutschl. Faun.

HAB. = Espèce répandue dans la majeure partie du département; se trouve à Montpellier (source du Lez, prairies de Lattes), à Mireval (la Madeleine), à Marsillargues, à Lunel (le Vidourle), à Saint-Chinian (fossés d'irrigation de la prairie), Lodève (affluents de l'Ergue), etc., etc.

Limnœa truncatula.

Buccinum truncatulum, Müll., Verm. Hist., II, pag. 130, 1774.

Limneus minutus, Drap., Tabl. Moll., pag. 51, 1801, et Hist., pag. 53, pl. III, fig. 5-7, 1805.

Limnœa minuta, Dup., Hist. Moll., pag. 469, pl. XXIV, fig. 1, 1847.

Limnœa truncatula, Moq., Hist. Moll., II, pag. 473, pl. XXXIV, fig. 21-24, 1855.

VAR. — *maximella*, Colb., Matér. Faun., Malac. Belgiq., I, pag. 10, pl. II, fig. 3, 1859.

Var. — *major*, Moq., loc. cit., pag. 475 (*Limneus minutus*, var. β, Drap., Hist., pag. 53).

— *minor*, Moq., loc. cit., pag. 475 (*Limneus minutus*, var. γ, Drap., Hist., pag. 53).

— *minima*, Colb., loc. cit., pag. 10, pl. II, fig. 4.

Hab. = Tout le département; les var. *major* et *minor*, les mêmes localités que le type; la var. *maximella*, très-rare, Saint-Jean-de-Buèges; la var. *minima*, la rivière de Lamalou, près de Rouet.

Limnœa palustris.

Buccinum palustre, Müll., Verm. Hist., II, pag. 131, 1774.

Limneus palustris, Drap., Tabl. Moll., pag. 50, 1801, et Hist., pag. 52, pl. III, fig. 1-2, 1805.

Limnœa palustris, Dup., Hist. Moll., pag. 465, pl. XXII, fig. 7, 1847.

Limnœa palustris, Moq., Hist. Moll., II, pag. 475, pl. XXXIV, fig. 25-35, 1855.

Var. — *corvus*. Moq., loc. cit., pag. 475, pl. XXXIV, fig. 29 (*Helix corvus*, Gmel., Syst. nat., pag. 3665, 1788. = *Limneus palustris*, var. α *major*, Drap., loc. cit., pag. 52, pl. II, fig. 40-41. = *Limnœa corvus*, Dup., loc. cit., pag. 466, pl. XXII, fig. 6).

— *lacunosa*, Moq., loc. cit., pag. 476 (*Limnœus lacunosus*, Ziegl.).

Hab. = Espèce très-abondamment répandue dans les régions S. et S.-E. du département, plus rare dans la partie septentrionale; la var. *corvus*, Montpellier (bassin du Jardin botanique), nous ne l'avons jamais trouvée dans aucun autre endroit du département; la var. *lacunosa*, Montpellier.

Limnœa glabra.

Buccinum glabrum, Müll., Verm. Hist., II, pag. 135, 1774.

Limneus elongatus, Drap., Hist. Moll., pag. 52, pl. III, fig. 3-4, 1805.

Limnœa glabra, Dup., Hist. Moll., pag. 462, pl. XXII, fig. 9, 1847.

Limnœa glabra, Moq., Hist. Moll., II, pag. 478, pl. XXXIV, fig. 36-37, 1855.

HAB. = Espèce rare dont nous ne possédons que deux exemplaires recueillis dans le département : nous avons reçu le premier de Marsillargues, l'autre a été trouvé par nous à Lunel (dans le Vidourle).

GENRE XIX. — **Ancylus**, Geoff., Coq. Paris, pag. 122, 1767.

Ancylus fluviatilis (58).

Ancylus fluviatilis, Müll., Verm. Hist., II, pag. 201, 1774.

Ancylus fluviatilis, Drap., Tabl. Moll., pag. 47, 1801, et Hist., pag, 48, pl. II, fig. 23-24, 1805.

Ancylus fluviatilis, Dup., Hist. Moll., pag. 490, pl. XXVII, fig. 1, 1847.

Ancylus fluviatilis, Moq., Hist. Moll., II, pag. 484, pl. XXXV, fig. 5-38, et XXXVI, fig. 1-49, 1855.

TYPE. — *simplex*, Moq., loc. cit., pag. 484, pl. XXXVI, fig. 8 (*Ancylus simplex*, Bourg., Cat. anc., in Journ. Conch., pag. 187, 1853).

VAR. — *riparius*, Moq., loc. cit., pag. 484, pl. XXXVI, fig. 15 (*Ancylus riparius*, Desm., in Bull. Soc. Philom., pag. 19, pl. I. fig. 2, 1814).

— *capuliformis*, Moq., loc. cit., pag. 484, pl. XXXVI, fig. 17 (*Ancylus capuloïdes*, Jan, in Porro, Malac., prov. Com., pag. 87, 1838).

— *gibbosus*, Baud., Nouv. Cat. Oise, pag. 36, 1862 (*Ancylus deperditus*, Dup., loc. cit., pag. 494, pl. XXVI, fig. 4. = *Ancylus gibbosus*, Bourg., Cat. Ancyl., in Journ. Conch., pag. 186, 1853. = *Ancylus fluviatilis*, var. δ *deperditus*, Moq., loc. cit., pag. 484, pl. XXXVI, fig. 19).

HAB. = Le type (*simplex*), presque tout le département; la var. *riparius*, très-bien caractérisée, les lacs d'Uglas et de la Conque, près du Causse-de-la-Selle; la var. *capuliformis*, les ruisseaux se rendant à l'Hérault, près de Brissac, de Saint-Bauzille-du-Putois, de Cazilhac, de Ganges; la var. *gibbosus*, mal caractérisée, le ruisseau de Fobies, à Lieuran-Cabrières (Paladilhe).

Ancylus strictus.

Ancylus strictus, Morel, Descr. Moll. Portugal, pag. 88, pl. VIII, fig. 4, 1845.

Ancylus fluviatilis, var. η *strictus*, Moq., Hist. Moll., II, pag. 485, pl. XXXVI, fig. 25, 1855.

HAB. = Montpellier (grand bassin du Jardin des plantes), Frouzet (source des Plages), eaux thermales de Foncaude (Paladilhe).

Ancylus lacustris.

Patella lacustris, Linn., Syst. nat., éd. X, I, pag. 783, 1758.

Ancylus lacustris, Müll., Verm. Hist., II, pag. 199, 1774.

Ancylus lacustris, Drap., Tabl. Moll., pag. 47, 1801, et Hist., pag. 47, pl. II, fig. 25-27, 1805.

Ancylus lacustris, Dup., Hist. Moll., pag. 497, pl. XXVI, fig. 7, 1847.

Ancylus lacustris, Moq., Hist. Moll., II, pag. 488, pl. XXXVI, fig. 50-55, 1855.

HAB. = Presque tout le département, notamment les régions S. et S.-E.; se trouve aux environs de Montpellier. En 1847, nous en avons recueilli un assez bon nombre d'exemplaires dans les fossés d'irrigation de la campagne de Rondelet.

Tribu II. — CÉPHALÉS OPERCULÉS, Moq., Hist. Moll., II, pag. 490, 1855.

Ordre I. — OPERCULÉS PULMONÉS, Moq., *loc. cit.*

Famille V. — **ORBACÉS**, Lam., Phil. zool., I, pag. 320, 1809.

Genre XX. — **Cyclostoma**, Drap., Tabl. Moll., pag. 30, 37, 1801.

Cyclostoma elegans (59).

Nerita elegans, Müll., Verm. Hist., II, pag. 177, 1774.

Cyclostoma elegans, Drap., Tabl. Moll., pag. 38, 1801, et Hist., pag. 32, pl. I, fig. 5-7, 1805.

Cyclostoma elegans, Dup., Hist. Moll., pag. 504, pl. XXVI, fig. 8, 1847.

Cyclostoma elegans, Moq., Hist. Moll., II, pag. 496, pl. XXXVII, fig. 5-23, 1855.

Var. — *fasciatum*, Moq., loc. cit., pag. 496 (var. γ, Drap., Hist.).

— *maculosum*, Moq., loc. cit., pag. 496 (var. β, Drap. Hist.),

— *pallidum*, Moq., loc. cit., pag. 496.

— *purpurascens*, Moq., loc. cit., pag. 496 (var. 4, Gratel.).

— *violaceum*, Moq., loc. cit., pag. 497 (Des Moul., Moll. Gironde, pag. 56, 1827).

— *ochroleucum*, Moq., loc. cit., pag. 497 (Des Moul., loc. cit., pag. 56).

— *albescens*, Moq., loc. cit., pag. 497 (Des Moul., loc. cit., pag. 56).

Hab. = Cette espèce, des plus communes dans le département, se trouve indistinctement dans la région des plaines et dans la partie montagneuse ; on la rencontre au sommet du pic de Saint-Loup, de la Sérane, de l'Escandorgue, aussi abondamment répandue qu'à Montpellier, à Castries, à Pézenas, etc., etc. La var. *violaceum*, assez rare, habite surtout la région septentrionale.

Genre XXI. — **Pomatias**, Hartm., Syst. Gasterop., pag. 34, 1821.

Pomatias patulus.

Cyclostoma patulum, Drap., Tabl. Moll., pag. 39, 1801, et Hist., pag. 38, pl. I, fig. 9-10, 1805.

Pomatias patulum, Crist. et Jan, Catal. XV, n° 2, 1832.

Pomatias patulum, Dup., Hist. Moll., pag. 520, pl. XXVI, fig. 16, 1847.

Cyclostoma patulum, Moq., Hist. Moll., II, pag. 505, pl. XXXVII, fig. 39-41, 1855.

Var. — *albinos*, Nob.
— *labiatum*, Moq., loc. cit., pag. 505.

Hab. = Montpellier, Saint-Pons, Saint-Chinian, Bédarieux, la Salvetat, Saint-Martin-de-Londres, Ganges, le Caylar, etc., etc.; la var. *albinos*, dont nous n'avons vu qu'un exemplaire, aux environs de Montpellier (Moitessier); la var. *labiatum*, La Valette, près Montpellier, Montarnaud (Moquin), Saint-Bauzille (montagne du Thaurax).

Pomatias septempiralis (60).

Helix septempiralis, Bazoum., Hist. nat. Jor., I, pag. 278, 1789.

Cyclostoma patulum, var. *b*, Drap., Tabl. Moll., pag. 39, 1801.

Cyclostoma maculatum, Drap., Hist. Moll., pag. 39, pl. I, fig. 12, 1805.

Pomatias maculatum, Dup., Hist. Moll., pag. 518, pl. XXVI, fig. 15, 1847.

Cyclostoma septempirale, Moq., Hist. Moll., II, pag. 505, pl. XXXVII, fig. 37-38, 1855.

Var. — *immaculatus* (*Cyclostoma immaculatum*), Moq., loc. cit., pag. 505.

Hab. = Nous n'avons trouvé le type de cette espèce qu'une seule fois dans les environs de Ganges; la var. *immaculatus*, Saint-Martin-de-Londres, Saint-Bauzille, Ganges, le Causse-de-la-Selle, Saint-Guilhem-le-Désert, Saint-Maurice, le Caylar.

Genre XXII. — **Acme,** Hartm., Syst. Gasterop., pag. 37, 1821.

Acme Simoniana (61).

Paludina Simoniana, Charp., in Saint-Simon, Misc. Malac, I, pag. 38, 1848.

Hydrobia? Simoniana, Dup., Hist. Moll., pag. 574, pl. xxviii, fig. 11, 1847.

Paludina Simoniana, Küst., in Chemn. und Martin., Syst. Conch. Cab., pag. 58, pl. xi, fig. 9-10, 1853.

Acme Simoniana, Moq., Hist. Moll., II, pag. 511, pl. xxxviii, fig. 17-19, 1855.

Moitessieria Simoniana, Bourg., Monogr. genre Moitessieria, in Rev. zool., pag. 440, décembre 1863.

Moitessieria Rollandiana, Bourg., loc. cit., pag. 435, pl. xx, fig. 1-7.

Moitessieria Gervaisiana, Bourg., loc. cit., pag. 437, pl. xxi, fig. 6-9.

Hab. = Alluvions du Lez (au port Juvénal) et de la Mosson.

Ordre II. — OPERCULÉS BRANCHIFÈRES, Moq., Hist. Moll., II, pag. 512, 1855.

Famille VI. — **PÉRISTOMIENS**, Moq., loc. cit., pag. 513.

Genre XXIII. — **Hydrobia,** Hartm., Syst. Gasterop., pag. 31, 47, 57, 58, 1821.

Hydrobia Ferussina (62).

Paludina Ferussina, Des Moul., in Bull. Soc. Linn. Bord., II, pag. 65, fig. lxxvi, 1827.

Hydrobia Ferussina, Dup., Hist. Moll., pag. 565, pl. XXVIII, fig. 5, 1847.

Bythinia Ferussina, Moq., Hist. Moll., II, pag. 516, pl. XXXVIII, fig. 20-28, 1855.

VAR. — *Cebennensis*, Moq., loc. cit., pag. 516, pl. XXXVIII, fig. 27. (*Hydrobia Cebennensis*, Dup., loc. cit., pag. 569, pl. XXVIII, fig. 7).

HAB. = L'Hérault (Ambiel, Moquin), la source de Lamalou, à Rouet, auprès de Saint-Martin-de-Londres; la var. *Cebennensis*, la rivière de Saint-Martin-de-Londres (ruisseau de Rieutord), les ruisseaux se rendant dans la Vis, auprès du village de Pégairolles, les sources des environs de Ganges (Dupuy) et de Laroque (Moitessier), Aniane (Paladilhe).

Hydrobia marginata.

Paludina marginata, Mich., Compl., pag. 98, pl. XV, fig. 58-59, 1831.

Hydrobia marginata, Dup., Hist. Moll., pag. 575, pl. XXVIII, fig. 10, 1847.

Bythinia marginata, Moq., Hist. Moll., II, pag. 518, pl. XXXVIII, fig. 29-32, 1855.

VAR. — *gibbosa*, Moq., loc. cit., pag. 418, pl. XXXVIII, fig. 32.

HAB. = Un ruisseau (fontaine du Boulidou) affluent de Lamalou, à peu de distance du Moulinet (canton de Saint-Martin-de-Londres); la var. *gibbosa* la même localité; vit sur les plantes aquatiques, et surtout sur les pierres submergées.

Hydrobia vitrea (63).

Cyclostoma vitreum, Drap., Tabl. Moll., pag. 41, 1801, et Hist., pag. 40, pl. I, fig. 21-22, 1805.

Hydrobia vitrea, Hartm., Syst. Gasterop., pag. 58, 1821.

Paludina diaphana, Mich., Compl., pag. 97, pl. XV, fig. 50-51, 1831.

Bithinia diaphana, Dup., Cat. ext. Gall., test., n° 58.

Hydrobia vitrea, Dup., Hist. Moll., pag. 570, pl. XXVIII, fig. 8, 1849.

Bythinia vitrea, Moq., Hist. Moll., II, pag. 518, pl. XXXVIII, fig. 33-36, 1855.

VAR. — *bulimoïdea*, Moq., loc. cit., pag. 518, pl. XXXVIII, fig. 35, (Mich., loc. cit., fig. 54-55).

HAB. = L'Hérault, près de Ganges; alluvions du Lez, auprès du pont de Castelnau, environs de Montpellier, et sous la chaussée du moulin des Guillems (Paladilhe); la var. *bulimoïdea* les alluvions du Lez (Paladilhe).

Hydrobia gibba (64).

Cyclostoma gibbum, Drap., Hist. Moll., pag. 38, pl. XIII, fig. 4-6, 1805.

Hydrobia gibba, Dup., Hist. Moll., pag. 557, pl. XXVII, fig. 13, 1847.

Bythinia gibba, Moq., Hist. Moll., II, pag. 521, pl. XXXVIII, fig. 43-47, 1855.

VAR. — *uniplicata*, Moq., loc. cit., pag. 521.
— *marginata*, Moq., loc. cit., pag. 521.
— *aplexa*, Moq., loc. cit., pag. 521.
— *tecta*, Nob. (*Hydrobia Moitessieri*, Bourg., Moll. nouv. litig. ou peu connus, pag. 191, pl. XXXI, fig. 8-9, janvier 1866.) Coq. imperforée.

HAB. = Les sources limpides des environs de Montpellier (Dupuy, Moquin), notamment la source du Lez; les var. *uniplicata*, *marginata*, *aplexa* et *tecta*, les mêmes localités que le type.

Hydrobia brevis (65).

Cyclostoma breve, Drap., Hist. Moll., pag. 37, pl. XIII, fig. 23, 1805.

Hydrobia brevis, Dup., Hist. Moll., pag. 560, pl. XXVIII, fig. 1, 1847.

Bythinia brevis, Moq., Hist. Moll., II, pag. 533, pl. XXXIX, fig. 6-10, 1855.

VAR. —*Dunalina*, Moq., loc. cit., pag. 523, pl. XXXIX, fig. 9.

HAB. = Espèce rare dans la contrée; les fontaines de Ganges (Dupuy), le département de l'Hérault (Moq.); a été trouvée, par M. Paladilhe, dans les ruisseaux de Font-d'Argues et de Bellefontaine, près de Lieuran-Cabrières; la var. *Dunalina*, Montpellier (Moq.).

Hydrobia Paladilhi.

Testa perforata, ovato rotundata, pellucida, vitrea, vix sublente tenuissime et irregulariter striata; apice obtusiusculo, anfractibus 3 1/2 ad 4 sat convexis, sutura impressa separatis, ultimo majore, dimidiam partem altitudinis adæquante; apertura suboblique rotundata, ad imam columellam arcuata; peristomate continuo, simplice; labro externo vix incrassato; columellari ad marginem columellarem subpatulo. = Operculo in apertura profunde sito, tenuissimo, pellucido, substriatulo.

Coquille à fente ombilicale très-marquée, ovale arrondie, vitrée, pellucide (très-souvent encroûtée par un enduit limoneux), laissant à peine apercevoir au foyer d'une forte loupe quelques stries très-fines et irrégulières; spire composée de 3 1/2 à 4 tours séparés par une suture très-prononcée, le dernier très-grand, égalant et quelquefois surpassant la moitié de la longueur de la coquille; ouverture arrondie, présentant à peine vers la partie supérieure un léger indice d'angle; péristome continu, simple; bord externe un peu épaissi et jamais projeté en avant, bord interne fortement réfléchi sur la columelle. = Opercule enfoncé, très-mince, transparent.

Hauteur.............	1 millim. 1/2
Diamètre...........	1 millim.

HAB. = La rivière de Lamalou, au lieu dit le Moulinet (canton de Saint-Martin-de-Londres).

Nous dédions cette coquille au docteur Paladilhe, dont le nom est connu de tous les malacologistes.

Hydrobia similis (66).

Cyclostoma simile, Drap., Hist. Moll., pag. 34, pl. I, fig. 15, 1805.

Hydrobia similis, Dup., Hist. Moll., pag. 552, pl. xxvii, fig. 9, 1847.

Bythinia similis, Moq., Hist. Moll., II, pag. 526, pl. xxxix, fig. 18-19, 1855.

Hab. = Le département de l'Hérault (Draparnaud, Moquin), les environs de Montpellier (Dupuy), la Vène, près de Balaruc, Lamalou, le Rieutord, près Saint-Martin-de-Londres.

Genre XXIV. — **Bythinia**, Gray, Nat. arrang. Moll., in Med. repos., XV, pag. 239, 1821, et in Turt., Shells Brit., pag. 90, 92, 1840.

Bythinia tentaculata.

Helix tentaculata, Linn., Syst. nat., éd. X, I, pag. 774, 1758.

Cyclostoma impurum, Drap., Tabl. Moll., pag. 41, 1801, et Hist., pag. 36, 1805.

Bithinia tentaculata, Gray, Turt. man., 2e éd., pag. 93, 1840.

Paludina tentaculata, Dup., Hist. Moll., pag. 543, pl. xxvii, fig. 7, 1847.

Bythinia tentaculata. Moq., Hist. Moll., II, pag. 528, pl. xxxix, fig. 23-44, 1855.

Var. — *producta*, Moq., loc. cit., pag. 528 (var. *b producta*, Menke = Drap., loc. cit., pl. i, fig. 19).

— *ventricosa*, Moq., loc. cit., pag. 528 (var. *a ventricosa*, Menke).

Hab. = Tout le département; les var. *producta* et *ventricosa*, mêmes localités que le type.

Genre XXV. — **Paludina**, Lam., Extr. Cours Anim. sans vertèb. pag. 117, 1812.

Paludina contecta (67).

Cyclostoma viviparum, Drap., Tabl. Moll., pag. 40, 1801, et Hist., pag. 34, pl. i, fig. 16-17, 1805.

Cyclostoma contectum, Mill., Moll. Maine-et-Loire, pag. 5, 1813.

Paludina vivipara, Stud., Kurz. Verzeichn., pag. 91, 1820.

Vivipara vulgaris, Dup., Hist. Moll., pag. 537, pl. XXVII, fig. 5, 1847.

Paludina contecta, Moq., Hist. Moll., II, pag. 532, pl. XL, fig. 1-24, 1855.

HAB. — Espèce abondamment répandue dans le canal du Midi, et dans le Vidourle auprès de Lunel.

FAMILLE VII. — **MELANIENS**, Lam. Anim. sans vertèb., VI, (2e part.), 1822 (68).

GENRE XXVI. — **Paladilhia** (69), Bourg., Monogr. Palad., 1865.

Paladilhia Moitessieri.

Paladilhia Moitessieri, Bourg., Monogr. Palad., pag. 18, fig. 9-13, 1865.

HAB. — Le Lez, près Montpellier (Paladilhe).

FAMILLE VIII. — **VALVATIDÉS**, Gray, in Turt. man., pag. 79-96, 1840.

GENRE XXVII. — **Valvata**, Müll., Verm. Hist., II, pag. 198, 1774.

Valvata piscinalis.

Nerita piscinalis, Müll., Verm. Hist., II, pag. 172, 1774.

Valvata piscinalis, Fér., Ess. Syst. Conch., pag. 75, 1807.

Valvata piscinalis, Dup., Hist. Moll., pag. 583, pl. XXVIII, fig. 13, 1847.

Valvata piscinalis, Moq., Hist. Moll., II, pag. 540, pl. XLI, fig. 1-25, 1855.

VAR. — *umbilicata*, Moq., loc. cit., pag. 540 (*Valvata umbilicata*, Parreys).

HAB. — Tout le département; espèce moins répandue dans les régions N. et N.-O.; la var. *umbilicata*, le Lez, près Castelnau.

Valvata minuta (70).

Valvata minuta, Drap., Hist. Moll., pag. 42, pl. I, fig. 36-38, 1805.

Valvata minuta, Dup., Hist. Moll., pag. 585, pl. XXVIII, fig. 14, 1847.

Valvata minuta, Moq., Hist. Moll., II, pag. 543, pl. XLI, fig. 26-28, 1855.

HAB.=Fossés d'irrigation de Maurin, près Montpellier (Paladilhe).

Valvata cristata.

Valvata cristata, Müll., Verm. Hist., II, pag. 198, 1774.

Valvata planorbis, Drap., Tabl. Moll., pag. 42, 1801, et Hist., pag. 41, pl. I, fig. 34-35, 1805.

Valvata cristata, Dup., Hist. Moll., pag. 587, pl. XXVIII, fig. 16, 1847.

Valvata cristata, Moq., Hist. Moll., II, pag. 544, pl. XLI, fig. 32-42, 1855.

HAB. = Montpellier, Castries, Lunel, Pézenas, Béziers, Saint-Chinian, Ganges, Lodève, etc.

Valvata spirorbis.

Valvata spirorbis, Drap., Hist. Moll., pag. 41, pl. I, fig. 32-33, 1805.

Valvata cristata, var. β *spirorbis*, Moq., Hist. Moll., II, pag. 544, pl. XLI, fig. 37, 1855.

HAB. = Mêmes localités que l'espèce précédente.

Valvata exilis.

Valvata exilis, Paladilhe, Nouv. Misc. Malac (2e fasc.), p. 51, pl. III, fig. 27-30, 1857.

HAB. — Cette espèce, qui se trouve en quantité considérable, *dépourvue d'animal*, dans les alluvions de la Boyne, auprès du village de Fontès, arrondissement de Béziers, a été recueillie *vivante* par le Dr Paladilhe, dans les fossés d'irrigation de la rive droite du Lez, à la hauteur du hameau de Lattes, près Montpellier.

FAMILLE IX. — **NÉRITACÉS**, Lam., Phil. zool., I, pag. 321, 1809.

GENRE XXVIII. — **Nerita** (71), Linn., Syst. nat., éd. X, I, pag. 776, 1758.

Nerita fluviatilis (72).

Nerita fluviatilis, Linn., Syst. nat., éd. X, I, pag. 777, 1758.

Nerita fluviatilis, Drap., Tabl. Moll., pag. 36, 1801, et Hist., pag. 51, pl. I, fig. 1-4, 1805.

Neritina fluviatilis, Lam., Anim. sans vertèbr., VI, II, pag. 188, 1822.

Neritina fluviatilis, Dup., Hist. Moll., pag. 591, pl. XXIX, fig. I, 1847.

Nerita fluviatilis, Moq., Hist. Moll., II, pag. 549, pl. XLII, 1855.

VAR. — *scripta*, Moq. (sous-var.), loc. cit., pag. 552.
— *vittata*, Moq. (sous-var.), loc. cit., pag. 552.
— *lineolata*, Moq. (sous-var.), loc. cit., pag. 552.
— *Jousseaumiana*, Nob. Coquille comme dans le type, plus ou moins verdâtre, avec des lignes en zig-zag s'anastomosant entre elles et formant un réseau.
— *Reynesiana*, Paladilhe. Coquille plus petite que le type, fond d'un beau noir avec des taches triangulaires d'un blanc très-pur.
— *unicolor*, Moq. (sous-var.), loc. cit., pag. 552.
— *Bœtica*, Moq., loc. cit., pag. 550, pl. XLII, fig. 39-40 (*Neritina Bœtica*, Lam., Anim. sans vertèb, VI, II, pag. 188, 1822).
— *zebrina*, Moq., loc. cit., pag. 550. (*Nerita zebrina*, Recl., in Rev. zool., pag. 341, 1841).

HAB. — Tout le département; les var. *scripta*, *vittata*, *lineolata* le Lez, l'Hérault, etc.; la var. *Jousseaumiana*, la fontaine du Chevrier, à Saint-Guilhem-le-Desert; la var. *Reynesiana* la rivière du Verdus, dans la même localité; la var. *unicolor* l'Hérault, Lamalou, près de Saint-Martin-de-Londres; la var. *Bœtica* près de Montpellier (Moquin), à la source du Martinet (Paladilhe); la var. *zebrina* abonde dans la partie septentrionale du département.

Classe II. — ACÉPHALES, Cuv.

Tribu 1. — ACÉPHALES BIVALVES, Moq., Hist. Moll., II, pag. 554, 1855.

Ordre I. — BIVALVES LAMELLIBRANCHES, Moq., *loc. cit.*

Famille X. — NAYADÈS, Lam., Extr. Cours anim. sans vertèb., pag. 106, 1812.

Genre XXIX. — **Anodonta**, Lam., Mém. Soc. hist. nat. Paris, pag. 89, 1799.

Anodonta cygnea (73).

Mytilus cygneus, Linn., Syst. nat., éd. X, I, pag. 706, 1858.

Anodonta cygnæa, Dup., Hist. Moll., pag. 601, pl. xv, fig. 14, 1847.

Anodonta cygnea, Drouët, Étud. Naïad., I, pag. 5, pl. i, 1854.

Anodonta cygnea, Moq., Hist. Moll., II, pag. 557, pl. xliii-xliv, 1855.

Var. — *ventricosa*, Moq., loc. cit., pag. 557. (*Anodonta ventricosa*, C. Pfeiff., Deutschl. Moll., II, pag. 50, 1825).

— *Cellensis*, Moq., loc. cit., pag. 557. (*Mya arenaria*, Schröt., Fluss-Conch., pag. 165, pl. ii, fig. 1, 1779.—

Anodonta cygnea, Drap., Hist. Moll., pag. 134, pl. xii, fig. 1, 1805. = *Anodonta Cellensis*, C. Pfeiff., Deutschl. Moll., I, pag. 110, pl. vi, fig. 1, 1821.)

Hab. = Le type, très-bien caractérisé, la Mosson (Faculté des sciences); la var. *ventricosa* la Mosson, le Lez, l'Hérault, la Peine, les fossés d'irrigation de la plaine de Pézenas; la var. *Cellensis* la Mosson, près Villeneuve (Barrandon), les fossés d'irrigation de la campagne de Maurin, près Montpellier (Paladilhe).

Anodonta anatina (74).

Mytilus anatinus, Linn., Syst. nat., éd. X, I, pag. 706, 1758.

Anodonta anatina, Lam., Anim. sans vertéb., VI, 1, pag. 85, 1819.

Anodonta anatina, Dup., Hist. Moll., pag. 610, pl. xix, fig. 13, 1847.

Anodonta anatina, Drouët, Étud. Naïad., I, II, pag. 4, pl. iv, fig. 1, 1854.

Anodonta anatina, Moq., Hist. Moll., II, pag. 558, pl. xlv, fig. 12, 1855.

Hab. = Le Lez, près Montpellier, l'Hérault et ses affluents, près de Pézenas et Saint-Thibéry, etc.

Anodonta variabilis.

Anodonta variabilis, Drap., Tabl. Moll., pag. 108, 1801.

Anodonta anatina, Drap., Hist. Moll., pag. 133, pl. xii, fig. 2, 1805.

Anodonta piscinalis, Nilss., Moll. Suec., pag. 116, 1822.

Anodonta piscinalis, Dup., Hist. Moll., pag. 612, pl. xxi, fig. 17-18, 1847.

Anodonta piscinalis, Drouët, Étud. Naïad., I, II, pag. 11, pl. v, fig. 1, 1854.

Anodonta variabilis, Moq., Hist. Moll., II, pag. 561, pl. xlv, fig. 5-6, et xlvi, fig. 1-6, 1855.

Var. = *rhomboïdalis*, Moq., loc. cit., pag. 561.

Hab. = Le Lez, la Mosson, près Montpellier, l'Hérault et son affluent Lamalou, près Saint-Martin-de-Londres; espèce assez répandue dans le canal du Midi, notamment près de Béziers; la var. *rhomboïdalis* l'Hérault (Moq.).

Anodonta incrassata.

Mytilus incrassatus, Shepp., in Trans. Linn., pag. 85, pl. v, fig. 4, 1821.

Anodonta ponderosa, C. Pfeiff., Deutschl. Moll., II, pag. 31, pl. iv, fig. 1-6, 1825.

Anodonta ponderosa, Dup., Hist. Moll., pag. 604, pl. xviii, fig. 12, 1847.

Anodonta ponderosa, Drouët, Étud. Naïad., I, VII, pag. 2, pl. vi, 1854.

Anodonta avonensis? Moq., Hist. Moll., II, pag. 562, pl. xlvi, fig, 7-8, 1855.

Anodonta incrassata, Drouët., Moll. Côte-d'Or., pag. 99, 1867.

Hab. = La Mosson, au pont de Villeneuve, près Montpellier (Barrandon).

Genre XXX. — **Unio**, Philipps., Nov. test. gen., pag. 16, 1788.

Unio rhomboïdeus.

Mya rhomboïdea, Schröt., Fluss-Conchyl., pag. 186, pl. ii, fig. 3, 1779.

Unio littoralis, Cuv., Tabl. élément., pag. 425, 1798.

Unio littoralis, Drap., Tabl. Moll., pag. 107, 1801, et Hist., pag. 133, pl. x, fig. 20, 1805.

Unio littoralis, Dup., Hist. Moll., pag. 632, pl. xxiii, fig. 8, et xxiv, fig. 5, 6, 8, 1847.

Unio littoralis, Drouët, Étud. Naïad., II, pag. 66, pl. iii, fig. 1-2, 1854.

Unio rhomboïdeus, Moq., Hist. Moll., II, pag. 568, pl. xlviii, fig. 4-9, et xlix, fig, 1-2, 1855.

Type. — *normalis*, Moq., loc. cit., pag. 568 (*a normalis*, Rosem., Iconogr., xii, n° 4, fig. 340, 1844).

Var. — *Barraudii*, Moq., loc. cit., pag. 568 (*Unio Barraudii*, Bonh., Moll. bival. fluviat. Rodez, in Mém. Soc. Aveyron, II, pag. 450, 1840).

— *Astierianus* (*Unio Astierianus*, Dup., loc. cit., pag. 636, pl. xxiii, fig. 9).

— *subtetragonus*, Moq., loc. cit., pag. 569, pl. xlviii, fig. 9. (*Unio subtetragona*, Mich., Compl., pag. 111, pl. xvi, fig. 23).

— *Draparnaudi*, Moq., loc. cit., pag. 569, pl. xlix, fig. 1-2 (*Unio Draparnaldii*, Desh., Coq. terr., pag. 38, pl. xiv, fig. 6, 1831).

Hab. = Presque tout le département; la var. *Barraudii* le Lez, l'Hérault, l'Orb; la var. *Astierianus* (peu caractérisée) le Lez; les var. *subtetragonus* et *Draparnaudi* le Liron, la Mosson (Barrandon).

Unio nanus.

Unio nana, Lam., Anim. sans vertèbr., VI, I, pag. 76, 1819.

Unio amnicus, Ziegl., in Rossm., Iconogr., III, pag. 31, fig. 212, 1837.

Unio nanus, Dup., Hist. Moll., pag. 640, pl. xxv, fig. 16, 1847.

Unio nanus, Drouët, Étud. Naïad., II, pl. v, fig. 2, 1854.

Unio Batavus, var. μ *nanus*, Moq., Hist. Moll., II, pag. 572, 1855.

Hab. = Le Lez, près du vieux pont de Castelnau (Marcel de Serres)??

Unio Requienii.

Unio pictorum (partim), Drap., Hist. Moll., pag. 131, 1805.

Unio Requienii, Mich., Compl., pag. 106, pl. xvi, fig. 24, 1831.

Unio Requienii, Dup., Hist. Moll., pag. 652, pl. xxvii, fig. 18, 1847.

Unio Requienii, Drouët, Étud. Naïad., II, pag. 93, pl. vii, fig. 1-3, 1854.

Unio Requienii, Moq., Hist. Moll., II, pag. 574, pl. l, fig. 5-7, 1855.

Hab. = L'Hérault, la Mosson, près du pont de Villeneuve, Lamalou, etc., etc.

Unio Turtonii.

Unio Turtonii, Payr., Cat. Moll. Corse, pag. 65, pl. II, fig. 2-3, 1826.

Unio Turtonii, Dup., Hist. Moll., pag. 651, pl. XXVII, fig. 17, 1847.

Unio Turtonii, Drouët, Étud. Naïad., II, pag. 93, pl. VI, fig. 1, 1854.

Unio Requienii, var. η *Turtonii*, Moq., Hist. Moll., II, pag. 575. 1855.

HAB. — Espèce très-répandue dans la rivière de Lamalou, près Saint-Martin-de-Londres.

Unio pictorum.

Mya pictorum, Linn., Syst. nat., éd. X, I, pag. 671, 1758.

Unio pictorum, Philipss., Nov. test. gen., pag. 17, 1788.

Unio pictorum (partim) , Drap., Tabl. Moll., pag. 106, 1801, et Hist., pag. 131, 1805.

Unio pictorum, Dup., Hist. Moll., pag. 647, pl. XXVI, fig. 20, 1847.

Unio pictorum, Drouët, Étud. Naïad., II, pag. 103, pl. VIII, 1854.

Unio pictorum, Moq., Hist. Moll., II, pag. 576, pl, L, fig. 8-10, et LI, fig. 1-10, 1855.

VAR. — *rostratus*, Moq., loc. cit., pag. 576 (*Unio rostrata*, Lam. (pars), Anim. sans vertèbr., VI, I, pag. 77, 1819).

HAB. = Le type, la Mosson (Robelin, Touchy, Barrandon), près Montpellier, les fossés de Maurin (Paladilhe); la var. *rostratus* Montpellier (Moq.).

FAMILLE XI. — **CARDIACÉS**, Cuv., Règn. anim., II, pag. 476, 1817.

GENRE XXXI. — **Pisidium**, C. Pfeiff., Nat. Deutschl. Moll., I, pag. 17, 123, 1821.

Pisidium amnicum.

Tellina amnica, Müll., Verm. Hist., II, pag. 205, 1774.

Cyclas palustris, Drap., Tabl. Moll., pag. 106, 1801, et Hist., pag. 131, pl, x, fig. 15, 16 (17, 18), 1805.

Cyclas obliqua, Lam., Anim. sans vertèbr., V, pag. 559, 1818.

Pisidium amnicum, Jen., Monogr. Cycl. and. Pisid., in Trans. Camb. phil. soc., IV (2e part.), pag. 309, pl. XIX, fig. 2, 1832.

Pisidium amnicum, Dup., Hist. Moll., pag. 679, pl. XXX, fig. 1, 1847.

Pisidium amnicum, Moq., Hist. Moll., II, pag. 583, pl. LII, fig. 11-15, 1855.

Pisidium amnicum, Baud., Ess. monogr., pag. 37, pl. III, fig. G, 1857.

VAR. — *flavescens*, Moq., loc. cit., pag. 583.
— *intermedium*, Moq., loc. cit., pag. 583. (*Pisidium intermedium*, Gass., Descript. Pisid. Aquit., pag. 11, pl. I, fig. 4.)

HAB. = Tout le département; la var. *flavescens* Montpellier (Moq.), Ganges; la var. *intermedium* est plus répandue que le type.

Pisidium Casertanum.

Cardium Casertanum, Poli, Test. Sicil., I, pag. 65, pl. XVI, fig. 1, 1791.

Pisidium Casertanum, Bourg., Catal. Moll. Orient., pag. 80, 1853.

Pisidium Cazertanum, Moq., Hist. Moll., II, pag. 584, pl. LII, fig. 16-32, 1855.

Pisidium Casertanum, Baud., Ess. monogr., pag. 30, pl. II, fig. C, 1857.

VAR. — *lenticulare*, Baud., Nouv. Catal. Moll. Oise, pag. 43, 1862 (*Cyclas lenticularis*, Norm., Cat. nouv. Cycl., pag. 8, fig. 7-8, 1844. = *Pisidium lenticulare*, Dup., loc. cit., pag. 681, pl. XXX, fig. 2). = SUB-VAR. *minimum*, Baud., loc. cit., pag. 43.

— *pulchellum*, Moq., loc. cit., pag. 584, pl. LII, fig. 24-28 (*Pisidium pulchellum*, Jen., Monogr. Cycl. and. Pisid., in Trans. Camb. phil. soc., IV (2e part.), pag. 506, pl. XXXI, fig. 1-5, 1832).

— *Gassiessianum*, Moq., loc. cit., pag. 585, pl. LII, fig. 31 (*Pisidium Gassiessianum*, Dup., loc. cit., pag. 685, pl. XXX, fig. 7. = *Pisidium limosum*, Gass., Moll. Agen., pag. 206, pl. II, fig. 10-11, 1849).

— *caliculatum*, Moq., loc. cit., pag. 585, pl. LII, fig. 32 (*Pisidium caliculatum*. Dup., loc. cit., pag. 684, pl. XXX, fig. 4).

HAB. = Le type et la var. *lenticulare* tout le département; la var. *pulchellum* Lodève, le Caylar, Saint-Maurice; la var. *Gassiessianum* le ruisseau du Rieutord à Saint-Martin-de-Londres; la var. *caliculatum* Montpellier, dans les alluvions du Lez (Paladilhe).

Pisidium nitidum.

Pisidium nitidum, Jen., Monogr. Cycl. and. Pisid., in Trans. Camb., phil. soc., IV (2e part.), pag. 304, pl. XX, fig. 7-8, 1832.

Pisidium nitidum, Dup., Hist. Moll., pag. 692, pl. XXXI, fig. 5, 1847.

Pisidium nitidum, Moq., Hist. Moll., II, pag. 586, pl. LII, fig. 33-37, 1855.

Pisidium nitidum, Baud., Ess. monogr., pag, 23, pl. I, fig. A, 1857.

VAR. — *minimum*, Baud., Nouv. Cat. Oise, pag. 42, 1862.

HAB. — Fossés de Maurin, près Montpellier (Paladilhe); la var. *minimum* le ruisseau du parc de Castries (Barrandon).

Pisidium pusillum.

Tellina pusilla, Gmel., Syst. nat., pag. 3231, 1788.

Cyclas fontinalis (pars), Drap., Tabl. Moll., pag. 105, 1801, et Hist., pag. 130, pl. x, fig. 11-12, 1805.

Pisidium pusillum, Jen., Monogr. Cycl. and. Pisidium, in Trans. Camb., phil. soc., IV (2e part.), pag. 302, pl. xx, fig, 4-6, 1832.

Pisidium fontinale, Dup., Hist. Moll., pag. 691, pl. xxxi, fig. 5, 1847.

Pisidium pusillum Moq., Hist. Moll., II, pag. 587, pl. LII, fig. 38-42, 1855.

Pisidium pusillum, Baud., Ess. monogr., pag. 20, pl. I, fig C, 1857.

VAR. — *striatum*, Moq., loc. cit., pag. 587 (var. γ, Jen., loc. cit., pag. 302).
umbonatum, Moq., loc. cit. (var. β, Jen., loc. cit., pag. 302).

HAB. = Presque tout le département, très-rare partout; les var. *striatum* et *umbonatum* les prés d'Arènes, près Montpellier.

Pisidium Moitessierianum.

Pisidium Moitessierianum, Paladilhe, Nouv. misc. malac., pag. 29, pl. I, fig. 11-17, février 1866.

HAB. = Fossés d'irrigation de la campagne de Maurin, près Montpellier (Paladilhe).

GENRE XXXII. — **Cyclas**, Brug., Encycl. Illust., pl. CCCI, CCCII, 1791.

Cyclas cornea.

Tellina cornea, Linn., Syst. nat., éd. X, I, pag. 678, 1758.

Cyclas cornea (pars), Lam., Anim. sans vertèbr., V, pag. 558, 1818.

Cyclas cornea, Dup., Hist. Moll., pag. 666, pl. XXIX, fig. 4, 1847.

Cyclas cornea, Moq., Hist. Moll., II, pag. 591, pl. LIII, fig. 17-30, 1855.

VAR. — *nucleus* (75), Moq., loc. cit., pag. 592 (*Cyclas nucleus*, Stud., Kurz. Verzeichn., pag. 93, 1820).

Hab. = Tout le département; la var. *nucleus* se trouve dans les fossés qui bordent le chemin près de la ferme Saint-Pierre, aux environs de Montpellier (Paladilhe).

Cyclas rivalis.

Cyclas rivalis (pars), Drap., Hist. Moll., pag. 129, 1805.
Cyclas cornea (pars), Lam., Anim. sans vertèbr., V, pag. 558, 1818.
Cyclas rivalis, Dup., Hist. Moll., pag. 668, pl. xxix, fig. 5, 1847.
Cyclas cornea, var. *γ rivalis*, Moq., Hist. Moll., II, pag. 591, 1855.

Hab. = Espèce aussi répandue que la précédente.

Cyclas lacustris (76).

Tellina lacustris, Müll., Verm. Hist., II, pag. 204, 1774.
Cyclas caliculata, Drap., Hist. Moll., pag. 130, pl. x, fig. 14-15 (13-14), 1805.
Cyclas caliculata, Dup., Hist. Moll., pag. 672, pl. xxiv, fig. 8, 1847.
Cyclas lacustris, Moq., Hist. Moll., II, pag. 595, pl. liii, fig. 34-39, 1855.

Var. — *major*, Dup., Ess. Moll. Gers, pag. 91, 1843, (var. *β, major*, Moq., loc. cit., pag. 594, pl. liii, fig. 56-57).
— *minor*, Nob. — Coquille de même forme que le type. beaucoup plus petite.
— *ovalis*, Moq., loc. cit., pag. 594, pl. liii, fig. 38 (*Cyclas lacustris*, Drap., loc. cit.. pag. 130, pl. x, fig. 6-7. = *Cyclas ovalis*, Fér., Cat. coq. Lot-et-Garonne, in Ess. Méth. conch., pag. 128, 136, 1807).

Hab. = Tout le département; dans les régions N. et NE. il n'y a pas de flaques d'eau où on ne la trouve en abondance; les var. *major* et *minor* mêmes localités que le type; la var. *ovalis* se rencontre à Montpellier (Moq.), notamment à Maurin (Moitessier), dans le ruisseau qui coupe à quatre kilomètres la grande route de Palavas (Paladilhe), à Lunel, Castries (Barrandon), Pézenas (Robelin) (77).

NOTES

(1) ARION RUFUS.

Dans un individu de 52^{mm} en marche, l'orifice génital était situé à 1 millimètre au-dessous de l'orifice respiratoire ; la bourse commune (2^{mm} 1/2 de diamètre) présentait une forme arrondie. Le fourreau de la verge, de couleur blanche, effilé, dépourvu de flagellum, replié sur lui-même, situé, à son origine, au-dessus de l'œsophage, à peu de distance des ganglions sus-œsophagiens, donnait naissance, à son extrémité supérieure, au canal déférent inférieur, long de 19^{mm}. Du point de jonction du fourreau et du canal naissait un muscle assez court, « venant de dessous la partie postérieure du manteau » (Cuvier). La verge longue, grêle, transversalement striée, était terminée par un corps oblong, lancéolé, pointu, avec une espèce de crochet latéral (Moquin). Dans un des replis de la matrice était placée la poche copulatrice obronde (3^{mm} de diamètre), de couleur rose, portée sur un canal blanchâtre, transparent, long de 6^{mm} 3/4 ; un muscle d'attache très-court partait de la base même de la poche copulatrice. Le vagin offrait une longueur de 19^{mm} sur une largeur moyenne de 1^{mm} 1/2. La matrice, blanche, avait 53^{mm} de longueur; contre elle était accolée la prostate déférente, pellucide, un peu rougeâtre. L'organe de la glaire, jaune très-clair, oblong, un peu conique, à extrémité arrondie, mesurait 17^{mm} de longueur sur 4^{mm} 1/3 de largeur à sa base. A 2^{mm} au-dessous du repli de l'intestin, on voyait l'organe en grappe, long de 4^{mm} 1/2, large de 8 1/2, blanc, recouvert par une membrane noirâtre, à lobes très-prononcés. Le canal déférent supérieur, d'une couleur blanchâtre, présentait une longueur de 42^{mm} (développé).

(2) ARION HORTENSIS, *var.* SUBFUSCUS.

Cette variété a été confondue par M. Moitessier (*Hist. Malac. Hérault*, pag. 12, 1868) avec l'*Arion subfuscus*, Fer. (*Limax subfuscus*, Drap.), qui n'a jamais été trouvé dans le département.

(3) ARION TENELLUS.

En mai 1862, nous avons recueilli un individu appartenant *incontestablement* à cette espèce, à peu de distance de la route de Saint-Martin de Londres à Puéchabon (au bord d'une mare, sous un morceau de bois). Cet échantillon, qui réunit au suprême degré les caractères indiqués dans la description de M. Bourguignat (*Moll. nouv. litig.*, 6e fasc., pag. 52, pl. XXIX, f. 57, janv. 1866), est un peu plus petit que celui qu'a figuré cet auteur.

C'est à tort que M. Moitessier (*Hist. Malac. Hérault*, pag. 13, 1868) révoque en doute l'existence de l'*Arion tenellus* dans le département de l'Hérault.

(4) LIMAX MARGINATUS.

Nous pouvons aujourd'hui affirmer la présence de cette espèce dans notre contrée. Depuis la publication de la 1re édit. de notre Catalogue, nous avons trouvé deux échantillons de cette Limace auprès du hameau de Saint-Maurice.

Du reste, le *Limax marginatus* avait déjà été signalé dans les départements voisins de celui de l'Hérault (par Draparnaud dans le Tarn, par Noulet dans la Haute-Garonne, par Companyo dans les Pyrénées-Orientales, par Dupuy dans le Gers). « Cette Limace, dit M. Bourguignat, est spéciale au littoral de la Méditerranée, ainsi qu'à quelques contrées montueuses de la

France et de l'Allemagne. » (*Limac. nouv. ou peu conn.*, in *Rev. zool.*, juin 1861, pag. 261.)

Prostate vestibulaire très-développée.

(5) TESTACELLA HALIOTIDEA.

Dans un individu de 41^{mm} au repos, les principaux organes avaient la forme, la coloration et la grandeur suivantes :

Cartilage lingual, à papilles obliques, qui des bords descendent vers le centre (Stabile)	19^{mm} de long.
Fibres d'attache de son muscle (les plus longues)	9^{mm} de long. 1^{mm} 1/2 de largeur.
Œsophage	8^{mm} 6/10 de long.
Estomac ovalaire, oblong	10^{mm} de long, 4^{mm} de large.
Intestin (développé)	56^{mm} de long.
Glandes salivaires blanchâtres, pellucides, appliquées sur l'estomac à son origine	6^{mm} 1/2 de long.
Foie rose brunâtre, divisé en deux masses inégales, la plus grande (celle du côté droit)	27^{mm} de long.
Conduits biliaires, au nombre de 2, débouchant dans l'intestin (à 8^{mm} de l'estomac)	2^{mm} de long.
Glande précordiale rosée, oblongue, faiblement réniforme	5^{mm} de long.
Ventricule du cœur blanchâtre, obové-piriforme	2^{mm} de long.
Organe en grappe blanchâtre, obrond, transparent, à cœcums oblongs	4^{mm} 1/2 de diam.
Canal déférent supérieur très-apparent à son point de jonction avec l'organe en grappe (replié)	18^{mm} de long.
Organe de la glaire légèrement jaunâtre, arrondi à l'extrémité supérieure	14^{mm} de long, 7^{mm} de largeur.

Matrice blanchâtre..................	26^{mm} de long.
Fourreau de la verge................	9^{mm} 1/2 de long.
Flagellum un peu plus épais vers le sommet que vers la base................	14^{mm} de long.
Deux muscles du flagellum, un petit, plat du côté du vagin (Moq.) ; un autre très-long, partant de l'extrémité même du flagellum et venant s'insérer à la partie postérieure du corps, près des fibres du cartilage lingual, ce dernier ayant...	16^{mm} de long.
Canal déférent inférieur étroit, pellucide.	20^{mm} de long.
Poche copulatrice obronde, rose brun..	2^{mm} 6/10 de diam.
Son canal blanc, assez épais...........	{ 8^{mm}1/2 de long. 1^{mm}1/2 de largeur.

Nous avons retrouvé les mêmes dimensions, proportion gardée de la taille, dans les 38 Testacelles appartenant à des variétés diverses que nous avons disséquées.

Sur 74 individus de la *Testacella haliotidea* recueillis par nous, (très-profondément enfouis dans le sol), en février 1865, aux environs de Saint-Martin-de-Londres et de Saint-Bauzile-du-Putois, 8 appartenaient au *type,* 3 à la variété *flavescens,* 2 à la variété *albinos,* 61 à la variété *scutulum (minor).*

C'est à tort que M. Paladilhe (*Nouv. misc. malac*, 2e fasc. 1867), et M. Moitessier (*Hist. malac. Hérault*, pag. 15, 1868, indiquent la *Testacella bisulcata* comme habitant l'Hérault. L'animal de la seule espèce de ce genre qui se trouve dans le département, est rugueux à la partie supérieure du corps, ses rides sont régulières ou à peu près régulières ; les sillons des côtés sont fortement prononcés. La coquille, toujours plus ou moins convexe, est moins allongée que celle de la *Testacella bisulcata.* Son bord columellaire, plus large postérieurement que celui de cette dernière espèce, se joint insensiblement au bord externe; la gouttière postérieure est peu marquée. Les détails anatomiques sont les mêmes que dans la *Testacella haliotidea.*

(6) SUCCINEA PUTRIS.

C'est sur la foi de M. Paladilhe que nous mentionnons cette coquille. « Jusqu'à ce jour, dit Dupuy, nous ne l'avons jamais reçue de la France méridionale. »

(7) SUCCINEA ELEGANS.

Cette espèce a été confondue, ainsi que l'a démontré M. Bourguignat, par Dupuy et Moquin-Tandon avec la *Succinea longiscata,* Morel.

(8) SUCCINEA PFEIFFERI, *var.* OCHRACEA.

L'animal de cette variété ne présente pas de différence avec celui du type. Suivant Moquin-Tandon, la base du dernier tour de la coquille s'écarte un peu de l'axe. (Voir Drouët, *Catal. Côte-d'Or*, pag. 32, 34, 1867).

(9) SUCCINEA ARENARIA.

Nous avons recueilli l'été dernier, auprès de Saint-Martin-de-Londres, dans le lit de Lamalou presque entièrement desséché par la chaleur, deux magnifiques échantillons (vivants) de cette espèce.

(10) ZONITES.

Voir Stabile, *Moll. terr. viv. Piémont,* pag. 156 et suiv., 1864.

(11) ZONITES LUCIDUS.

Chez un individu de 15 millimètres de diamètre, le canal de la poche copulatrice, assez renflé inférieurement, brusquement atténué et très-étroit supérieurement, avait 5 millimètres 1/2 de longueur; le flagellum mesurait 1 millimètre 1/2.

Selon nous, le *Zonites cellarius* n'habite pas le département de l'Hérault. Les individus attribués à cette espèce semblent s'en rapprocher par la forme de la coquille, mais s'en éloignent complètement par les caractères tirés de l'animal et surtout par les caractères anatomiques : ainsi, la mâchoire à carène verticale, peu marquée, n'est pas striée comme celle du *Zonites cellarius;* l'appareil génital et les tentacules offrent les mêmes caractères de forme, de longueur et d'écartement que ceux du *Zonites lucidus;* la coloration est celle de cette dernière espèce. Nos observations ont porté sur un grand nombre de prétendus *Zonites cellarius*, et notamment sur 3 individus *vivants*, qui nous avaient été communiqués par M. Moitessier.

(12) ZONITES PSEUDOHYDATINUS.

N'est-ce pas par suite d'une détermination erronée que M. Moitessier (*Hist. Malac. Hérault*, pag. 19, 1868) dit avoir trouvé cette espèce « *dans l'intérieur de vieilles murailles en pierres sèches,* aux environs de Montpellier »?

C'est à tort, selon nous, que Moquin-Tandon a réuni cette espèce, à titre de variété, au *Zonites crystallinus.*

(13) ZONITES DIAPHANUS.

Beaucoup d'exemplaires présentent, au lieu d'une dépression, une perforation ombilicale.

(14) ZONITES ALGIREUS.

La verge est hérissée de petites arêtes très-nombreuses, visibles à l'œil nu. Ces arêtes sont un peu recourbées au sommet. (Drap., *Tabl. Moll*, pag. 94, 1801.) Chez un individu de 37 millimètres de diamètre, la verge avait 21 millimètres de longueur, le flagellum n'en avait que 2 1/2; le canal déférent inférieur, assez large dans son tiers à partir du fourreau de la verge (1 millimètre de largeur), s'amincissait brusquement dans le reste de son trajet (1/2 millimètre).

(15) HELIX MASSOTI.

Quoique cette espèce n'offre que des caractères difficiles à saisir, nous croyons pouvoir affirmer que les exemplaires qui ont donné lieu à la mention de l'*Helix Massoti* dans le département appartiennent à l'*Helix pygmæa.*

(16) HELIX MICROPLEUROS.

Comme le font observer M. Paladilhe et M. Moitessier, cette espèce semble avoir disparu, depuis quelques années, des environs de Montpellier. Elle est beaucoup plus abondante dans la partie septentrionale du département. Les individus trouvés dans cette région sont d'une taille beaucoup plus forte que ceux recueillis à La Valette, au bois de la Mourre, etc.

(17) HELIX SPLENDIDA.

Dans un individu de 15 millimètres de diamètre, le fourreau de la verge, graduellement aminci, offrait 12 millimètres de long et 1 millimètre 1/4 dans sa plus grande largeur. Le flagellum était long de 29 millimètres, la bourse à dard de 4 millimètres 1/3. Les vésicules multifides, portées par un pédicule de 5 millimètres de long, étaient divisées l'une en 3, l'autre en 4 branches inégales, très-amincies inférieurement, un peu renflées au milieu, faiblement atténuées à l'extrémité supérieure. A la poche copulatrice (1 millimètre de diamètre) obronde, aboutissait un canal excessivement étroit, presque capillaire, de 22 millimètres de longueur. La branche copulatrice, longue de 73 millimètres, large de 9/10 de millimètre, était faiblement amincie supérieurement et brusquement arrondie.

(18) HELIX OBVOLUTA.

Cette espèce n'habite pas l'Hérault. M. Moitessier, qui l'indique dans son *Histoire malacologique du département* (pag. 24), n'a établi cette indication que sur un *fragment* de coquille, ou une coquille *embryonnaire* douteuse, recueillie par lui dans les alluvions du Lez.

(19) HELIX VERMICULATA.

Chez un individu de 27 millimètres de diamètre, la poche copulatrice était portée par un canal de 3 centimètres 3 millimètres de long; la branche copulatrice avait 28 centimètres 4 millimètres.

(20) HELIX NEMORALIS.

En 1851, nous avons trouvé un *Helix nemoralis*, var. *unicolor* (*libellula*), au Jardin botanique de Montpellier.

Nous avons aussi recueilli au mois de juin 1863, sur les bords de l'Hérault, près du village du Causse-de-la-Selle, des individus *vivants* appartenant à la même variété, dont la coquille, entièrement blanche, devait cette coloration à un manque d'épiderme.

(21) HELIX HORTENSIS.

Dans la région septentrionale du département, cette espèce est presque aussi abondamment répandue que l'*Helix nemoralis*.

(22) HELIX POMATIA.

M. Moitessier dit, dans son *Histoire malacologique de l'Hérault* (pag. 21), que nous nous sommes trompé en mentionnant dans le département l'*Helix pomatia*. Nous sommes entièrement de son avis. Toutefois, qu'il nous soit permis de faire observer ici que nous avons accepté cette espèce sur la foi de M. Moitessier lui-même, dont nous possédons une note où la présence de l'*Helix pomatia* est mentionnée par lui à *Saint-Guilhem-le-Désert*. Nous devons dire cependant que le Dr Reynes (d'Aniane) a communiqué à M. Paladilhe une note d'où il résulterait qu'un individu de cette espèce aurait été recueilli à l'extrême limite nord-ouest du département.

Nous retranchons la localité de Saint-Guilhem pour le *Zonites candidissimus*, quoique nous ayons de la main de M. Moitessier une note analogue à celle dont nous venons de parler.

(23) HELIX RUPESTRIS.

Mollusque ovovivipare (Moquin).

(24) HELIX GALLO-PROVINCIALIS.

L'auteur de la *Malacologie de l'Hérault* nous reproche d'avoir indiqué cette espèce sous le nom d'*Helix Cantiana*. Il devait dire, pour être exact et ne point tronquer la citation : « *Helix Cantiana*, var. *Gallo-provincialis*. » Nous ne verrions là encore qu'une simple variété, si, comme M. Moitessier, nous ne connaissions d'autres caractères distinctifs que ceux de la coquille, qui diffère *à peine* de celle de l'*Helix Cantiana*. Les vrais caractères qui nous ont été révélés par l'anatomie et qui nous font accepter aujourd'hui l'espèce, sont tirés de l'animal. En effet, il diffère de l'*Helix Cantiana* par les crénelures un peu plus marquées de la mâchoire, par le flagellum un peu subulé, long de 6 millimètres à 6 millimètres 1/2, plus grêle et plus long que dans l'*Helix carthusiana*, et surtout par des *vésicules multifides* au nombre de deux, une de chaque côté, offrant chacune de 3 à 5 branches un peu renflées vers leur extrémité, inégales, les plus longues ayant 3 millimètres 6/10.

(25) HELIX CARTHUSIANA, *var.* MINOR.

Cette variété diffère de l'*Helix rufilabris*, Jeffr. par sa coloration qui est semblable à celle du type.

(26) HELIX FASCIOLATA.

Pour la synonymie de cette espèce, voir Mabille, *Journ. Conch.*, juillet 1865, pag. 255 à 257.

(27) HELIX RUGOSIUSCULA.

Il n'y a pas possibilité de confondre, ainsi que le dit M. Moitessier (*Hist. Malacol. Hérault*, pag. 28), cette espèce avec l'*Helix Paladilhi*, Bourg. (*Moll. nouv. litig.*, 6 déc., pag. 180, *pl.* xxx, fig. 1-5, 1866). L'*Helix rugosiuscula* a l'ombilic moins ouvert que l'*Helix Paladilhi*, ses côtes sont toujours fines, subégales, moins prononcées et plus nombreuses ; enfin son péristome est bordé à l'intérieur.

La coquille décrite par Michaud constitue, selon nous, une

espèce très-bien caractérisée. Nous avons pu comparer nos individus de l'Hérault avec les échantillons de *H. rugosiuscula* de la collection du Muséum donnés par cet auteur, et nous assurer de leur parfaite identité.

(28) HELIX CESPITUM.

Les principales différences anatomiques entre l'*Helix ericetorum* et l'*Helix cespitum* sont les suivantes : chez le premier, le fourreau de la verge est obové inférieurement et assez brusquement atténué à sa partie supérieure ; sa poche copulatrice est obovée, oblongue, de moyenne dimension : le canal en est faiblement aminci. La poche copulatrice de l'*Helix cespitum* est obovée, réniforme, de forte taille ; le canal en est semblable à celui de l'espèce précédente : il est un peu plus dilaté supérieurement. La poche du dard de l'*Helix ericetorum* est oblongue, obovée, bilobée ; celle de l'*Helix cespitum*, également bilobée, est oblongue, claviforme ; les deux extrémités supérieures en sont fortement obtuses, tandis que celles de la première espèce sont un peu atténuées.

Quant à la mâchoire, la différence entre les deux espèces est peu marquée : chez l'une et l'autre elle présente un nombre égal de denticules; pourtant chez l'*Helix cespitum* elle est un peu moins arquée que chez l'*Helix ericetorum*, les extrémités en sont faiblement atténuées, tandis qu'elles sont obliquement tronquées chez ce dernier.

Dans un *Helix ericetorum* de 14 millim. de diamètre, la longueur des organes sous-mentionnés était la suivante :

Fourreau de la verge.................. 9^{mm} 1/5.
Flagellum........................ 2^{mm} 1/2.
Canal de la poche copulatrice........... 10^{mm}.
Poche du dard...................... { 5^{mm}. / 2^{mm} 1/2 de largeur moyenne. }

Dans un *Helix cespitum* de même taille :
Fourreau de la verge............. ... 13^{mm}.

Flagellum..............................	7mm.
Poche copulatrice..................	7mm. 2mm 1/3 de largeur dans son milieu.
Son canal..............................	12mm.
Poche du dard.........................	2mm. 9/10mm de larg. au niv. de sa termin.

Nos observations ont porté sur des *Helix ericetorum*, non-seulement du département, mais encore de la France septentrionale et même de la Belgique. Quant à l'*Helix cespitum*, nous en avons disséqué de plusieurs points de la région méditerranéenne.

(29) HELIX PISANA.

M. Paladilhe a trouvé, dans les environs de Montpellier, un sujet appartenant à cette espèce accouplé avec un individu de l'espèce suivante.

(30) HELIX VARIABILIS.

Suivant quelques malacologistes, le type de cette espèce est très-rare : nous ne partageons pas leur opinion. Sur 318 échantillons recueillis aux environs de Montpellier, 78 appartenaient au type.

Il n'y a peut-être pas de coquille indigène plus variable dans ses formes que l'*Helix variabilis*. On rencontre des individus qui ont la forme plus ou moins conique, la bouche plus ou moins arrondie ; quelques exemplaires ont le dernier tour de spire subcaréné ; d'autres, c'est la majorité, n'offrent pas la moindre trace de carène ; enfin, de très-grandes différences existent pour l'épaisseur du test.

Quoi qu'il en soit, les animaux des diverses variétés de l'*Helix variabilis* ont tous une structure anatomique semblable : mâchoire, système génital, et notamment vésicules multifides, si importantes à considérer pour la distinction des espèces, sont identiques. Quant à la coloration de l'animal, elle est trop variable pour pouvoir fournir un bon caractère.

Tout nous porte à croire que c'est une forme de la variété *albicans*, qui a été prise, à tort, pour l'*Helix euphorca*, Bourg. (*Malac. Alger.*, I, pag. 233, pl. xxv).

L'*Helix Ambieliana*, Charp. est, pour nous, une variété de l'*Helix variabilis*, à bords plus convergents que le type; les lamelles intérieures que présente cette coquille sont des traces de ses divers accroissements.

On a rapporté à l'*Helix lauta*, Lowe (*Primit. Faun. Mader.* pag. 53. pl. v, fig. 9, 1831) la variété *subcarinata* (*Helix submaritima*, Rossm.). Nous tenons pour certain que l'*Helix lauta* n'existe pas en France. Dans les individus du département attribués à cette espèce, la mâchoire, le fourreau de la verge, le flagellum, la poche copulatrice, les vésicules multifides, ont la même forme et sont en même nombre que chez l'*Helix variabilis*. Dans un individu de 14 millimètres de diamètre, rapporté à l'*H. lauta*, la mâchoire médiocrement arquée, à extrémités un peu atténuées, à denticules assez prononcées, avait 11 côtes; le canal de la poche copulatrice mesurait 9 millim. de longueur, 1 millimètre de large inférieurement, 1/2 supérieurement, le fourreau de la verge 18 millimètres, le flagellum 3 millimètres 3/4, la bourse du dard 3 millimètres de long, 1 millimètre 1/3 dans sa plus grande largeur. L'animal présentait quatre vésicules multifides, 2 de chaque côté, divisées les unes en 4, les autres en 5 branches inégales.

(31) HELIX LINEATA.

«Bourse à dard énorme, obtuse, comme obtusément bilobée; vésicules muqueuses, 1 ou 2 de chaque côté, divisées en 3 ou 4 branches.» (Moq., *Hist. Moll.*, II, pag. 267, 1855.)

(32) HELIX ELEGANS.

Voir Dup., *Hist. Moll.*, pag. 265, note 1.

(33) HELIX ELEGANS, *var.* TROCHILUS.

Cette variété a été confondue avec l'*Helix trochlea*, L. Pfeiff.

(*Symb. ad. Hist. Helv. viv.*, III., pag. 69, 1846). Les individus de l'Hérault attribués à cette espèce ne diffèrent du type de l'*Helix elegans* que par les tours de spire débordant plus fortement chacun sur l'inférieur, et par les crénelures de la carène plus accusées. Or, ces caractères sont donnés par les auteurs, notamment par Dupuy et par Moquin-Tandon, comme distinctifs de l'*Helix elegans*. Il n'y a aucune différence spécifique à tirer de la forme de la bouche, cette forme étant absolument la même dans un grand nombre d'*Helix elegans* que chez l'*Helix trochlea*.

(34) HELIX CONOIDEA.

La mâchoire a la même forme que celle de l'*Helix trochoïdes*, mais en diffère par un moindre nombre de côtes.

(35) HELIX BULIMOIDES.

Nous ne croyons pas devoir admettre l'opinion émise par M. Moitessier (*Hist. Malac. Hérault*, pag. 32, 1868), qui considère l'*Helix bulimoïdes*, Moq. (*Bulimus ventricosus*, Drap.) comme l'*Helix barbara*, Linn, espèce douteuse jusqu'à présent.

(36) HELIX ACUTA.

Mâchoire comme celle du genre *Helix*; point de bourse à dard; vésicule vermiforme bien caractérisée (Moq.).

(37) BULIMUS DECOLLATUS.

Dans un individu adulte de 27 millimètres de long, ayant 5 tours de spire à la coquille, le vagin long, étroit, un peu renflé au milieu, mesurait 6 millimètres 1/2 de longueur sur 2 millimètres 1/3 de largeur (dans son milieu); la poche copulatrice, de couleur blanche, de forme oblongue (3 millimètres de longueur), appliquée contre la matrice, était portée par un canal assez court (7 millimètres 1/2).

Un échantillon entier de cette coquille, élevé en captivité, d'une longueur de 34 millimètres, avait 13 tours de spire.

L'animal de cette espèce abandonne les premiers tours de spire de la coquille devenus trop étroits pour le contenir; ces tours se détachent, selon nous, par le simple effet du frottement.

(38) CHONDRUS QUADRIDENS.

Nous avons reçu de différents points du département, sous le nom de *Chondrus Niso*, une coquille qui n'est autre chose que le *Chondrus quadridens*. La columelle des exemplaires dont nous parlons est recouverte d'une callosité de forme oblongue; cette callosité présente vers le milieu une dépression et laisse voir à ses extrémités la trace de deux dents rudimentaires.

(39) ZUA SUBCYLINDRICA.

Mollusque ovovivipare. L'appareil génital de cette espèce est très-exactement décrit par Moquin-Tandon (*Hist. Moll. France*, tom. II, pag. 306).

(40) ZUA FOLLICULUS.

Nous ne pensons pas qu'il y ait lieu de rapporter à la *Zua Vescoi*, Bourg. les individus de l'Hérault qu'on a considérés comme tels. La forme et la couleur de l'animal, la structure de la mâchoire, sont conformes à celles de la *Zua folliculus*; l'appareil génital de ces prétendues *Zua Vescoi* reproduit exactement l'appareil génital si caractéristique de la *Zua folliculus*. Ainsi, le fourreau de la verge, très-dilaté dans sa partie inférieure, se rétrécit et donne naissance à un renflement piriforme du sommet duquel part le canal déférent inférieur; le flagellum, un peu atténué inférieurement, a l'extrémité un peu renflée, arrondie, obtuse, claviforme; la poche copulatrice est portée par un canal étroit dans sa partie supérieure et présentant une dilatation inférieure très-prononcée.

Dans deux individus de 9 millimètres de hauteur, le fourreau de la verge avait 1 millimètre 1/4 de long; sa dilatation inférieure mesurait 1/2 millimètre de large; enfin la largeur de la partie inférieure du canal de la poche copulatrice était de 3/4 de millimètre.

Sur onze exemplaires adultes rapportés à la *Zua Vescoi* (*Ferrusacia Vescoi*), la coquille avait 8 millimètres 3/4 à 9 millimètres de hauteur, 3 millimètres 1/5 à 3 millimètres 1/4 de diamètre ; la hauteur de la bouche était de 3 millimètres 4/5 à 4 millimètres. Ces échantillons présentaient le bord externe de l'ouverture un peu épaissi, bordé de blanc roussâtre, taillé en biseau légèrement arrondi. Le bord inférieur, beaucoup plus arqué que celui de la *Zua Vescoi*, n'offrait pas la moindre trace d'angle à sa jonction avec le bord columellaire.

Sur un individu *très-jeune* de *Zua folliculus*, ayant 2 millimètres de hauteur et 1 millimètre 1/2 de largeur, la bouche mesurait 1 millimètre 1/5 de hauteur ; le dernier tour de spire, extrêmement ventru, était plus grand que les quatre autres ; le sommet était complètement obtus. La forme dont nous parlons est, pour Dupuy et Moquin-Tandon, la coquille décrite par Draparnaud sous le nom de *Physa scaturiginum*.

La *Zua folliculus* est un mollusque ovovivipare (Moq.).

(41) COECILIOÏDES EBURNEA.

Nous indiquons cette espèce sur la foi du docteur Paladilhe : nous ne l'avons jamais trouvée *vivante* dans le département.

(42) PUPA SIMILIS.

Deshayes (*in* Lam., *Anim. s. vertèbr.*, 2e éd., VIII, pag. 174, 1838) regarde cette espèce comme le *Turbo quinquedentatus*, Born. (*Mus.*, pag. 378, pl. XIII, fig. 9, 1778); Dupuy (*Hist. Moll.*, pag. 403) est d'un avis contraire.

(43) PUPA SECALE, *var.* BOILEAUSIANA.

Nous n'admettons cette forme que comme variété de la *Pupa secale* ; les exemplaires recueillis dans le département ne présentent aucune différence notable avec le type de cette espèce : les plis surnuméraires sont en général très-peu marqués; il arrive même souvent qu'un de ces plis manque complètement.

(44) PUPA GRANUM.

Dans beaucoup d'échantillons, deux et quelquefois trois des plis palataux sont presque rudimentaires.

(45) PUPA POLYODON.

En 1845, nous avons recueilli un assez grand nombre d'individus de cette espèce appliqués sur les pierres des arcades du Peyrou, à Montpellier. La *Pupa polyodon* devient chaque jour plus rare dans le département.

(46) PUPA UMBILICATA.

D'après M. Bourguignat (*Mal. Château d'If*, pag. 28, 29, 1866), l'ouverture des jeunes *Pupa cylindracea* (*Turbo cylindraceus*, Da Costa) n'offre pas les mêmes particularités que celle des jeunes échantillons de la *Pupa umbilicata*. Aussi avons-nous cru devoir conserver à cette dernière espèce le nom qui lui a été imposé par Draparnaud.

Mollusque ovovivipare (Moq.).

(47) PUPA MUSCORUM.

Mollusque ovovivipare (Moq.).

(48) PUPA MUSCORUM, *var.* BIGRANATA.

C'est, selon nous, à cette variété que doit être rapportée la *Pupa Masclaryana*, Paladilhe (*Nouv. Misc. Malac.*, pag. 11, pl. I, fig. 1-3, février 1866). Cette coquille diffère de la *Pupa muscorum* type par la forme générale, mais les mêmes déformations s'observent souvent chez d'autres variétés de cette dernière espèce; le nombre des tours de spire est le même, le nombre et la direction des plis de la bouche sont semblables.

Nous devons dire que nous n'avons pu voir la *Pupa Masclaryana*, dont il n'a été rencontré que deux exemplaires qui ne se trouvaient plus en la possession de l'auteur de l'espèce. Nous raisonnons sur la figure qu'il en a donnée dans ses *Miscellanées malacologiques*.

(49) PUPA TRIPLICATA.

Drouët (*Catal. Côte-d'Or*, pag. 67, 1867) donne une description très-exacte de l'animal et de la coquille.

(50) VERTIGO MOULINSIANA.

Il est très-douteux pour nous que cette espèce habite le département ; jusqu'à ce jour, on ne l'a rencontrée que dans les alluvions. Dupuy ne la signale que dans les alluvions de la Garonne ; Moquin-Tandon, qui indique le département de la Haute-Garonne parmi les lieux où elle se trouve, l'a-t-il recueillie vivante ?

D'après Baudon, le *Vertigo Moulinsiana* habite l'Oise et les environs de Paris. Drouët ne mentionne pas cette espèce dans son *Catalogue des Mollusques de la Côte-d'Or*.

(51) VERTIGO VENETZII, *var.* NANA.

Voir Dupuy, *Hist. Moll.*, pag. 421, observ.

(52) CARYCHIUM.

«Les *Carychium* ne sont pas amphibies et encore moins aquatiques ; ils respirent par une poche pulmonaire analogue à celle des Ambrettes.» (Moq., *Hist. Moll.*, pag. 412, 1855.)

Le *Carychium elongatum*, A et B. Villa (*Saraphia tridentata*, Risso), assez abondant dans les alluvions du Lez et de l'Hérault, n'a pas encore été rencontré vivant dans le département.

(53) PLANORBIS NITIDUS.

Les échantillons de cette espèce recueillis dans le département de l'Hérault sont plus petits que les exemplaires provenant du nord de la France ; ils sont très-peu brillants, et, chez beaucoup d'entre eux, on est obligé de briser le test pour apercevoir les lamelles.

(54) PLANORBIS COMPLANATUS.

Le *Planorbis dubius*, Hartm. (Wurm., *in Neue Alp.*, I, pag. 254), indiqué comme se trouvant dans le département de l'Hérault, doit être, selon nous, rapporté à cette espèce.

Nous réunirons aussi, à titre de variétés au *Planorbis com-*

planatus le *Planorbis submarginatus*, Crist. et Jan (*Catal. Mant.* n° 9, 1832), également mentionné dans le département. Cette coquille n'en est qu'une variété petite, à carène obtuse et moins marginale. Moquin-Tandon et Drouët (*Catal. Côte-d'Or*, pag. 74, 1867) la rapportent à l'espèce sus-indiquée; Dupuy est tenté d'en faire autant; enfin Baudon (*Nouv. Catal. Oise*, pag. 32, 1862) ne voit entre ces deux coquilles qu'une différence de taille.

(55) PLANORBIS LEUCOSTOMA.

Voir Dupuy, *Hist. Moll.*, pag. 440, not. 2.

(56) PLANORBIS LEUCOSTOMA, *var.* SEPTEMGYRATUS.

Les auteurs ont déjà prouvé que cette coquille, mentionnée dans le département, ne réunit pas des caractères suffisants pour en faire une espèce. Dupuy lui-même, tout en lui attribuant cette qualification, se voit forcé de dire « que c'est à peine si l'on peut la séparer du *Planorbis leuscostoma* » (*Hist. Moll.*, pag. 442). Selon lui, les animaux de ces deux *Planorbes* sont tout à fait semblables.

M. Moitessier, sous le nom de *Planorbis Bourguignati*, décrit une forme que nous n'avons jamais rencontrée dans le département.

(57) LIMNŒA STAGNALIS.

Nous réunissons à cette espèce les échantillons rapportés par M. Paladilhe (*Nouv. Misc. Malac.*, pag. 42., 1er mars 1867) à la *Limnœa elophila*, Bourg. Les caractères sur lesquels repose cette dernière espèce sont si peu stables, que nous ne croyons pas devoir en faire une variété.

Quant aux individus attribués par le même auteur à la *Limnœa Tommassellii*, Menegazzi, ce sont de très-jeunes exemplaires de la *Limnœa stagnalis*.

(58) ANCYLUS FLUVIATILIS.

La coquille de cet Ancyle est, chacun en convient, sujette à un nombre infini de variations. C'est parce qu'on a attaché de la valeur à des caractères sans importance, qu'on a élevé au rang d'espèce une multitude de formes qui ne sont tout au plus que de simples variétés.

Dans sa monographie de l'*Ancylus Jani* (*Rev. zool.*, pag. 203, mai 1853), M. Bourguignat démontre le peu d'importance qu'il faut attacher aux caractères tirés du faciès extérieur de la coquille, tels que « la grandeur, les dépressions, la couleur, la solidité, l'épaisseur, les stries, etc..., du test. » Il reconnaît que « s'il est un genre qui doive être soumis à l'influence des milieux, c'est à coup sûr le genre Ancyle, dont la locomotion lente, difficile, l'empêche de s'y soustraire. » Cet auteur va plus loin : il rejette, pour la distinction des espèces, « l'ovalisme plus ou moins symétrique de l'ouverture, comme un caractère offrant encore moins de constance que tous les autres ».

Dans son *Histoire des Mollusques de France,* publiée deux ans après le travail de M. Bourguignat, Moquin-Tandon n'accepte presque aucune des espèces nouvelles à la création desquelles a donné lieu l'*Ancylus fluviatilis* ; il n'admet même qu'à regret l'*Ancylus costulatus,* Kust.

Suivant Baudon (*Nouv. catal. Oise*, pag. 36, 1862), ces espèces « prises isolément ont une certaine valeur; mais l'examen de séries d'exemplaires de plusieurs localités démontre l'identité qui existe entre eux ».

Au dire de Dupuy, les animaux de l'*Ancylus capuloïdes* Porro, de l'*A. deperditus*, Dup. (*A. gibbosus,* Bourg.), de l'*A. Fabrei,* Dup. et de l'*A. striatus,* Quoy et Gaim., sont semblables à celui de l'*Ancylus fluviatilis.*

D'après ce que nous venons de dire, nous n'admettrons qu'à titre de variété l'*Ancylus riparius*, Desm., l'*A. capuloïdes,* Porro et *A. gibbosus,* Bourg., et nous n'acceptons comme espèce que l'*Ancylus strictus,* Morel.

On a mentionné dans le département l'*Ancylus costulatus*, Kust. Que la forme indiquée dans l'Hérault soit ou non le véritable *Ancylus costulatus*, Kust., que nous ne connaissons pas suffisamment, il nous est impossible d'y voir même une bonne variété de l'*Ancylus fluviatilis*.

(59) CYCLOSTOMA ELEGANS.

Pour la description anatomique, voir Stabile, *Moll. terr. viv. Piémont*, pag. 135 et suiv., 1864.

(60) POMATIAS SEPTEMSPIRALIS.

M. Moitessier, d'après M. Paladilhe, mentionne cette espèce dans les alluvions de l'Hérault, à Saint-Bauzille-du-Putois. Dans la partie du département qui s'étend du pic de Saint-Loup à la chaîne de la Sérane, la var. *immaculatus* est aussi répandue que la *Pomatias patulus*.

(61) ACME SIMONIANA.

« Jusqu'à ce que l'animal et l'opercule de cette coquille soient connus, nous dit Dupuy, on ne pourra lui assigner une place qu'avec beaucoup de peine » (*Hist. Moll.*, pag. 575). Il en fait une *Hydrobia*, tout en reconnaissant que « peut-être elle devrait être assimilée aux *Acmées* ».

Cet auteur suit en cela l'exemple de Charpentier, qui l'avait rangée parmi les *Paludines*.

Kuster (in *Chemn.* und. Martini, *Syst. conch. cab.*, pag. 58, 1853) la réunit à ce dernier genre.

La même coquille, pour Moquin-Tandon, est une *Acmée*; il énumère (pag. 512) les raisons qui l'ont conduit à la considérer comme terrestre. Selon lui, comme selon les auteurs que nous venons de mentionner, elle doit avoir un opercule.

M. Bourguignat (*Monogr. du genre Moitessieria*, 1863) considérant, d'après « toutes les probabilités », l'animal de cette espèce comme « un pulmobranche et non un branchifère », en fait un genre nouveau (*Moitessieria*) « type d'une famille nouvelle qui devra prendre place, à son avis, auprès de celle des *Limnœidæ*»; suivant lui, l'animal n'a pas d'opercule, mais possède un pied distinct « muni d'un disque pédieux très-épais, qui le remplace ».

Malheureusement il ne donne pas de raisons suffisantes à l'appui de son opinion ; ses observations n'ont porté que sur des sujets désséchés recueillis dans la *Mosson* près Montpellier, et dans la source de *Fouradade* (Pyrénées-Orientales).

Nous rangerons donc, jusqu'à plus ample renseignement, cette coquille dans le genre *Acmée.*

Nous n'avons jamais recueilli dans le département l'*Acme lineata*, indiquée par Moitessier (*Hist. malac. Hérault*, pag. 64, 1868) comme ayant été trouvée auprès de Saint-Bauzille-du-Putois. M. Paladilhe, dans sa Monographie du genre *Acmée*, ne signale pas notre contrée parmi les nombreuses localités qu'il a assignées à cette espèce.

(62) HYDROBIA FERUSSINA.

C'est, sans aucun doute, à l'*Hydrobia Ferussina* Dup. (*Paludina Ferussina*, Des Moul.), qu'il faut rapporter les individus trouvés par nous à la source du ruisseau connu sous le nom de Lamalou.

L'*Hydrobia conoidea* de Dupuy n'existe pas dans l'Hérault, et l'espèce que M. Moitessier nomme ainsi par erreur est selon nous une forme de l'*Hydrobia marginata*, qu'il n'eût point dû oublier de mentionner dans son travail. Si M. Moitessier eût connu la vraie *Hydrobia conoidea*, non-seulement il se fût abstenu de l'indiquer dans l'Hérault, mais il se serait en outre gardé d'y rapporter notre *Hydrobia Ferussina*, qui diffère complètement de l'espèce de Des Moulins. L'imputation d'une pareille confusion nous autoriserait peut-être à nous plaindre de la manière dont l'auteur a plus d'une fois jugé nos espèces.

(63) HYDROBIA VITREA.

Nous adoptons pour cette espèce, qui est encore assez mal connue, la synonymie de Dupuy, Moquin-Tandon, Drouët, etc. En conséquence, nous lui rapportons l'*Hydrobia diaphana* et l'*Hydrobia bulimoidea.*

(64) HYDROBIA GIBBA.

«L'accroissement de cette coquille à son dernier tour est très-irrégulier, et l'ouverture se trouve quelquefois presque excentrique, c'est-à-dire hors de l'axe de la spire.» (Drap., *Hist. Moll.*, pag. 38, 1805.)

(65) HYDROBIA ABBREVIATA.

Nous n'avons jamais rencontré cette espèce dans le département.

Quant à l'*Hydrobia Mabilliana*, Palad. (*Hist. Malac. Hérault*, pag. 67, 1868), qui a été trouvée dans les alluvions du Lez, nous la considérons comme une variété de la *Paludina acuta*, coquille d'eau salée.

(66) HYDROBIA SIMILIS.

A cette coquille se réduit, selon nous, pour le département le genre *Amnicola*, Goult et Haldemann, adopté par M. Moitessier dans son *Histoire malacologique* du département de l'Hérault (pag. 69).

L'espèce mentionnée chez nous sous le nom d'*Amnicola confusa*, Frauenfeld, est, pour nous, une coquille d'eau salée. L'indication vague du *ruisseau de Balaruc*, dans l'*Histoire malacologique* de l'Hérault, ne fait que nous confirmer dans notre opinion. On sait, en effet, qu'il existe à Balaruc autant de cours d'eau salée que de ruisseaux d'eau douce.

L'*Amnicola anatina* (*Cyclostoma anatinum*. Drap.) est indiquée par M. Moitessier (*loc. cit.* pag. 70) comme habitant les eaux des environs de Montpellier. Cet auteur a-t-il connu la véritable coquille de Draparnaud? nous nous permettons d'en douter. M. Paladilhe (*Nouv. misc. malac.*, 2 fasc., pag. 37, mars 1867) a prouvé que la majorité des naturalistes n'ont point connu cette espèce et l'ont confondue avec l'*Assiminea gallica*, Paladilhe, qui se trouve «dans les eaux salées, les marais salants des départements de l'Ain et du Jura, dans les alluvions du Bêtru, près Saint-Amour (Jura).» M. Crosse (*Journ.*

conch., avril 1869, pag. 162) doute beaucoup que cette forme, représentée dans la pl. II, fig. 1-6, *loc. cit.*, appartienne au genre *Assiminea*.

(67) PALUDINA CONTECTA.

Mollusque ovovivipare. — Les jeunes individus de cette Paludine offrent *trois* carènes (Moq.) munies de poils ; M. Bourguignat se trompe en disant qu'ils n'en ont qu'une (*Palud. Alger*, et *Vivip. d'Europe; Rev. zool.*, pag. 3, mars 1862).=Voir (Moq., *Hist. Moll.*, II, pag. 534, 1855).

Cette espèce a été naturalisée par M. Paul Gervais dans le grand bassin du jardin botanique de Montpellier, où elle abonde.

Quant à la *Paludina vivipara* (*Cyclostoma achatinum*, Drap), si commune dans le nord de la France, elle manque complètement dans le département de l'Hérault.

(68) BUGESIA BOURGUIGNATI.

Paladilhe (*Nouv. misc. malac.*, pag. 1, pl. I, fig. 8-10, février 1866).

Ce nouveau genre, ainsi que l'espèce unique qu'il contient, est représenté par trois échantillons trouvés dans les alluvions du *Lez*. Nous regrettons qu'il nous soit impossible de l'admettre par les raisons données dans notre préface. Nous pouvons dire, en outre, que nous avons vu un individu de la *Bugesia Bourguignati*, et que tout nous fait croire que cette coquille est, non-seulement *non adulte*, mais encore *embryonnaire*.

En la supposant même arrivée à son entier développement, était-il nécessaire de créer pour elle une nouvelle appellation générique? ne devait-elle pas rentrer dans le genre *Pyrgula*?

(69) PALADILHIA.

Nous n'acceptons ce genre que sous bénéfice d'inventaire, sans avoir même la certitude de la place qu'il doit occuper dans la classification, les détails sur l'animal et sur sa structure anatomique étant encore inconnus.

Nous n'indiquons dans notre Catalogue que la seule espèce de *Paladilhia* qui ait été recueillie *vivante.* (Voir Paladilhe, *Nouv. misc., malac*, 1er fasc., janvier 1866, pag. 21.)

(70) VALVATA MINUTA.

«Gray regarde cette espèce comme un jeune individu de la *Valvata cristata.*» (Moq., *Hist. Moll.*, II, pag. 543, 1855.)

(71) NERITA.

Voir Deshayes, *in* Lam. *Anim. s. vertèb.*, 2e éd., VIII, pag. 565-566, 1838.

(72) NERITA FLUVIATILIS.

Tout nous porte à croire que la var. *Bourguignati*, Moq., (*Nerita Bourguignati*, Recl., *in Journ. Conch.*, pag. 293, septembre 1852), indiquée par Moquin-Tandon dans les eaux de Ganges, n'habite pas le département.

Nous en dirons autant de la var. *thermalis,* Moq. (*Neritina thermalis,* Boub., *Neritina Prevostiana,* Dup.), mentionnée par Des Moulins dans les environs de Montpellier.

(73) ANODONTA CYGNEA.

Le type de cette espèce est très-rare, selon Dupuy; Moquin-Tandon, au contraire, lui assigne pour localité une grande partie de la France; enfin Drouët l'indique comme assez rare dans notre pays. Il existe bien caractérisé dans la rivière de la *Mosson*, près Montpellier.

La var. *ventricosa* de la même espèce est assez rare dans le département.

Quant à la var. *cellensis*, elle est très-abondamment répandue dans le *Lez*, et surtout dans la *Mosson*, près du pont de Villeneuve, sur la route de Cette.

(74) ANODONTA ANATINA.

M. Moitessier, reproduisant sans doute les indications de notre Catalogue (1re édit.), a attribué par erreur à l'*Anodonta anatina*, Lam., les localités que nous mentionnons pour l'*Anodonta anatina,* Drap. (*A. variabilis,* Drap.). Nous n'avons jamais trouvé cette première espèce dans la partie septentrionale de l'Hérault, ni dans Lamalou.

Nous citons souvent la rivière de *Lamalou* dans le courant de cet ouvrage : il nous paraît utile de faire observer ici qu'il ne s'agit pas de *Lamalou-les-Bains*, mais bien d'un cours d'eau voisin de Saint-Martin-de-Londres.

(75) CYCLAS CORNEA, *var.* NUCLEUS.

Cette variété paraît rare dans le département; nous n'en possédons qu'un seul individu, recueilli dans les environs de Montpellier par M. Moitessier, et qui nous a été communiqué par lui sous la dénomination erronée de *Cyclas solida*, Norm.

(76) CYCLAS LACUSTRIS.

Nous croyons devoir faire remarquer que la coquille des *très-jeunes* individus de cette espèce ressemble tout à fait à celle du genre *Pisidium*.

(77) DREISSENA POLYMORPHA.

Ce mollusque, indiqué dans le département, a été trouvé dans l'Aude ; mais il n'est pas à notre connaissance que ses migrations se soient encore étendues jusqu'à l'Hérault.

www.ingramcontent.com/pod-product-compliance
Lightning Source LLC
Chambersburg PA
CBHW060839250626
47162CB00005B/2115